Picnic at Hanging Rock 悬崖上的野餐

Joan Lindsay

[澳] 琼·林赛

········· 著 ·········

王中兰 王丽娇

········· 译 ·········

上海译文出版社

阿普尔亚德太太：阿普尔亚德女子学院校长

格丽塔·麦克劳小姐：数学教师

戴安娜·德·波蒂尔斯小姐：法语教师兼舞蹈教师

多拉·拉姆利小姐，巴克小姐：初级教师

米兰达，艾尔玛·利奥波德，玛丽恩·奎德：高年级寄宿生

伊迪斯·霍顿：劣等学生

萨拉·维伯恩：最年轻的寄宿生

罗莎蒙德，布兰奇：其他寄宿生

厨师，明妮，爱丽丝：学校做饭洗扫的用人

爱德华·怀特海：学校园丁

爱尔兰人汤姆：学校勤杂工

本·赫西：经营伍登德马车出租房

麦肯齐医生：来自伍登德的家庭医生

巴姆菲尔警官：伍登德警局的警察

巴姆菲尔太太

吉姆：年轻的警察

蒙彼利埃：本迪戈修表工

雷格·拉姆利：多拉·拉姆利的哥哥

贾斯珀·科斯格罗夫：萨拉·维伯恩的监护人

菲茨赫伯特上校，菲茨赫伯特太太：马其顿高地湖景区夏季别
    墅的主人

迈克尔·菲茨赫伯特：上校从英格兰来的侄子

艾尔伯特·克伦多尔：湖景区的马夫

1

卡特勒先生：湖景区园丁

卡特勒太太

斯普莱克少校和他的女儿安琪拉：马其顿高地政府小楼的英国
　　访客

库林医生：来自马其顿低地

还有许多出现在书中的人物。

《悬崖上的野餐》是事实还是虚构，我的读者们必须自行判
断。这场致命的野餐发生于一九〇〇年，书中的人物谢世已
久，已无关紧要。

第一章

    一个阳光明媚、暖和、静谧的夏天早晨，吃早饭的时候，蝉在餐厅窗外的枇杷树上嘶鸣，蜜蜂在车道边的蝴蝶花上嗡嗡叫。每个人都认为这天是去海茵岩上野餐的绝佳时间。硕大的大丽花，火红火红地盛开在这个洁净的花圃里。修剪整齐的草坪在冉冉上升的太阳下散发着蒸气。绣球花还在学校厨房的阴影下，园丁就已经在给那儿浇水了。阿普尔亚德女子学院的寄宿生已经起床了，从早上六点钟起，她们就一直观察着晴朗无云的天空，现在，她们穿着节日的服装，像一群兴奋的蝴蝶，翩翩起舞。这不仅仅因为今天是礼拜六，是她们等待已久的一年一度的野餐时间，更重要的是今天是二月十四日——圣瓦伦丁节①，每年的这天，大家会交换精心制作的卡片和小礼物。这些都是极其浪漫的事情，而且严格保密，据说坠入爱河的仰慕者会默默表达爱意；不过，整个学期，她们微笑致意过的男士只有两个——来自英国的老园丁怀特海先生和来自爱尔兰的马夫汤姆。

校长可能是学校里唯一没收到卡片的人。众所周知，阿普尔亚德太太不喜欢圣瓦伦丁[①]，他那荒谬的问候，使学校的壁炉台在复活节之前都是杂乱不堪的，女佣要花很长时间打扫，就和一年一度的颁奖仪式似的，结束之后留下一堆打扫工作。那些壁炉台！陈列在长长的客厅里，有两个是用白色大理石做成的，由一对女像柱支撑，这两根柱子如校长的上半身那般坚固；其他的壁炉台是木头雕刻而成，镶嵌着上千面闪亮的小镜子。早在一九〇〇年，阿普尔亚德学院其实只是澳大利亚丛林中一座过时的建筑物，无论从时代，还是从地理位置来看都格格不入，而且毫无生气。那笨拙的两层楼，散落在澳大利亚精心建造的建筑群中，就像淘到黄金后找到了异国情调的蘑菇。房子建在平坦辽阔、树木稀少、离马其顿村庄几英里的山脚下，没有人知道为什么偏偏选了这个地方。在这十英亩地的后面，微不足道的小溪沿着斜坡蜿蜒缓慢地流入一片浅溪中，或者是透过一排桉树，偶尔可以瞥见马路对面雾蒙蒙的马其顿山峰升至东方，这对建造这意大利式风格的房屋也毫无吸引力。房子是由坚固的卡索曼石建造的，用来抵御时间的腐蚀。房子原来的主人，人们早就不记得是谁了，在这里只住了一两年，之后这个巨大又难看的房子就空着，等待出售。

多亏了来自英国的园丁，怀特海先生，这里一切都并然有序——宽敞的庭院，里面有蔬菜园和花园、猪和猪圈、果树

---

① 即通常所说的情人节。

2

林，还有网球草坪；美观的石制马厩里还有几辆车，车辆也都维护得极好；维多利亚式家具，虽然难看极了，但还像新的一样，有直接从意大利运来的大理石壁炉台和从阿克斯明斯特①运来的厚地毯。长客厅里还有一架大钢琴，油灯高高地挂在雪松木楼梯上的古典雕塑上，从狭窄的圆形楼梯上去，有一个方塔，在维多利亚女王生日那天，可以悬挂英国国旗。阿普尔亚德太太刚刚从英格兰来，带回了一大笔存款，还有去见澳大利亚大家族的介绍信。这座房子，坐落在本迪戈路后低矮的石墙旁，让阿普尔亚德太太记忆犹新。那双精明的褐色眼睛，滴溜溜一转，想着和代理人讨价还价，她扫了一眼这个神奇的地方，马上就意识到可以在这里办一所贵族寄宿学校，如果办一所学校——特别是女子学院，那会更好。本迪戈房屋代理人非常高兴，带她四处看，她当场就买下了整块地，包括这里的所有，甚至是园丁。代理人也给了她一些优惠，她马上就搬进来了。

阿普尔亚德学院（这栋大而无用的建筑，立马有人在一块漂亮的板子上再次用金字题名，挂在了铁门上）的女校长是否有教育方面的经验，谁也不知道，其实也没必要知道。她灰白色的头发向后梳着，高高地耸立在头顶，壮硕的胸部紧紧地裹着，像她内心的想法一样遮得严严实实。她受人敬重的胸前挂着宝石饰物，里面镶有她已故丈夫的肖像。这位庄严的陌生人

---

① 英国德文郡地名，盛产地毯。

3

恰恰符合家长对英国女校长的期望。就从这位女校长来看，不管是哪种形式的企业，潘趣和朱迪①，还是向股票交易市场借钱，这都成功了一大半。从第一天开始，这个学校就很成功。第一年结束时学校盈利可观。不过这是六年前的事了。

圣瓦伦丁赐福众人是人人平等。不仅仅是这些年轻漂亮的女孩正忙着打开她们的卡片——米兰达，像往常一样，她衣柜的抽屉里装满了镶花边、表达爱意的礼物；大理石壁炉台上，放着小约翰尼自家制作的卡片，上面画着丘比特和一排排用铅笔画的吻，还有她父亲用那只充满爱意的大手写的、来自昆士兰的地址；普通得不能再普通的伊迪斯·霍顿，也沾沾自喜地数着卡片，至少有十一张；就连拉姆利小姐早餐桌上都放着一张卡片，上面是一只暴躁的鸽子，写着"我永远爱你"。这可能是她那个木讷沉闷的哥哥写的，上个学期来看过她。这些萌动的女孩心想，要不然还会是谁呢？谁会爱目光短浅的年轻女教师，况且她成天穿着棕色的哗叽和平底鞋子？

"他爱她，"米兰达说，米兰达总是那么宽容，"我看见他们在大厅的门边吻别过。"

"但是亲爱的米兰达——雷格·拉姆利是那样一个乏味的人！"艾尔玛笑着说，习惯性地甩了甩她背后深黑色的卷发，漫不经心地在想为什么学校的草帽总是这样不合适。这位可爱的女继承人十七岁，满面春风，从不虚荣，也不因拥有财产而

---

① 《潘趣和朱迪》是英国传统流行的木偶戏，18世纪中下叶，木偶公司以表演木偶剧的形式来聚集人们、筹备资金。

感到骄傲。她喜欢人们，也喜欢事事美好，衣服上虽然是别着一束野花，却跟别了美丽的钻石胸针一样高兴。有时候只要看看米兰达静谧的椭圆脸，麦黄色直发，她就感到一阵高兴。亲爱的米兰达现在正出神地望着外面阳光灿烂的花园。"多美好的一天啊！真想去乡野，我一刻也不能等了。"

"听听她说的话，女孩们！好像每个人都觉得阿普尔亚德学院是墨尔本的贫民窟似的！"

"森林，"米兰达说，"有蕨类植物、鸟类……就像我家乡那样。"

"还有蜘蛛，"玛丽恩说，"我只希望情人节时有人送我一幅海茵悬岩的地图，这样野餐的时候可以带上它。"艾尔玛总是对玛丽恩·奎德非同寻常的想法感到震惊，现在她想知道，谁会在野餐的时候看地图？

"我会，"玛丽恩深信不疑地说，"我总是想知道我的准确位置。"大家都知道，玛丽恩·奎德很小的时候就掌握了长除法，十七年来，她大部分时间都是在不懈地追求知识。她小小的脑袋，聪明又充满好奇，灵敏的鼻子总是觉得有什么味道等着她去发现，那双腿，瘦瘦的但很敏捷，就像是格雷伊猎犬①一样。

女孩们开始谈论情人节。"有人鼓起勇气给麦克劳小姐送了一张方格纸卡片，封面写的是一些算术题。"罗莎蒙德说。

---

① 又称灵猩、格力犬，是一种用在狩猎和竞速上的狗，它是陆上速度仅次于猎豹的哺乳类动物之一。

事实上，这个卡片的灵感来源于爱尔兰人汤姆，而且女仆明妮在一旁怂恿，纯属娱乐。今年四十五岁的高年级高等数学老师，毫无表情地接受了这张卡片。在格丽塔·麦克劳的眼中，比起画着玫瑰、勿忘我的卡片，她更愿意接受写着数字的卡片。一看到点缀着数字符号的纸张，她心里就有一种神秘的喜悦感：总有一股力量，促使她拿着铅笔，一笔一划地演算，乘、除、再重新组合，最后神奇般地得出了结论。汤姆的情人节，尽管他自己没有意识到，但也是很成功的。他送给明妮的是一颗血淋淋的心，周围嵌有玫瑰，那颗心显然就像病重岌岌可危的一颗心。明妮为此神魂颠倒，就像德·波蒂尔斯小姐收到了有一朵孤独玫瑰的法国画一样。爱神圣瓦伦丁以此提醒了阿普尔亚德学院的学生们，爱可以这样多姿多彩。

波蒂尔斯小姐教舞蹈课和法语会话课，同时管理寄宿生的衣着。她正忙碌着，但也兴高采烈地期待着这个节日。正如她对衣着的要求，她穿了一件简单大方的节日裙子，为了显得优雅，她还额外搭配了一条宽丝带和遮阳草帽。她只比一些高年级的女学生大几岁，也和学生们一样，想到要在这天逃离这个令人窒息的学校，她感到特别高兴，到处召集学生到前面的走廊上，点了最后一次名。

"快点，快点，孩子们，住口，艾尔玛。①"波蒂尔斯小姐用似金丝雀般的嗓音叫道。在她的眼中，艾尔玛不会犯错。

---

① 原文为法语。

艾尔玛那撩人的小胸脯、迷人的酒窝、丰厚的红色嘴唇、淘气的黑眼睛、光滑的黑卷发，给人一种源源不断的审美愉悦。有时候，在昏暗的教室里，这个在欧洲艺术长廊的环境中长大的法国女人，会向艾尔玛的桌子那方望去，想象着艾尔玛在樱桃、菠萝、胖小孩、金酒壶的背景下，身边围绕着一群帅气优雅、穿着天鹅绒和绸缎的衣服的男生。"别说了，艾尔玛，麦克劳小姐来了。①"一个身穿深褐色皮制上衣、身形枯瘦的女人过来了，她从野外通往隐蔽小路的"鬼地方"——撒土厕所处那里过来，小路边缘有些秋海棠。女教师以平日里的步伐走着，像皇室家族那样无拘无束，而且带着近乎皇室家族的尊贵。没有人看见她匆忙过，也没有人看到她摘下钢丝框眼镜。

今天的野餐由格丽塔·麦克劳小姐负责，波蒂尔斯小姐做她的助手，这么安排纯粹是凭良心。麦克劳小姐如此聪明的数学家——凭她的聪明在学校拿那点可怜的薪水，真是可惜了——这珍贵的假日，无论天气多好，她都宁愿关上门，一个人关在房间里研究那篇关于微积分的论文，如果是这样该多么美好啊！她宁愿为此付上五英镑。麦克劳小姐是个高个子女人，皮肤干燥，呈赭色；头发粗糙，日渐灰白，好似头顶上顶了一个凌乱的鸟窝。尽管在这里住了三十几年，但是她很健忘，连奇特的澳大利亚景象都不记得。她不在乎环境气候，也不关注时尚，也不关注成片的桉树和枯黄的草。当她还是个女

---

① 原文为法语。

7

孩的时候，她关注得更多的还是家乡苏格兰的薄雾和山峦。学生们已经习惯了她稀奇古怪的打扮，现在已经不足为奇了。她今天去野餐的着装，学生们也没什么评论——她一贯的打扮就是头戴虔诚的无边女帽，身穿深褐色皮制衣服，手戴一双相当破旧的深褐色羔皮手套，脚穿黑色绑带子的靴子，骨架呈现出欧几里得三角形的比例。

然而，波蒂尔斯小姐，却是个非常注重时尚的人，时时刻刻检查她的绿松石戒指和白色丝绸手套。"然而，"布兰奇说，"我很惊奇她怎么让伊迪斯穿着胡闹的蓝丝带衣服出去，伊迪斯站在那儿看什么呢？"一位脸色苍白的十四岁女孩，站在几英里外，身形看上去像是塞得饱满的长枕，正凝视着一楼一间房的窗户。米兰达甩了甩她麦黄色的直发，朝楼上脸色苍白的小尖脸女孩微笑着挥手，小女孩沮丧地看着下面愉快的场面。"这很不公平，"艾尔玛说，边说边微笑着挥手，"毕竟这个小孩只有十三岁。我从没想到阿普尔亚德太太竟然这么不善良。"米兰达叹气道："可怜的小萨拉——她真的很想去野餐。"

昨天，萨拉·维伯恩没有背出《赫斯珀鲁斯的残骸》[①]这首诗歌，孤零零地在楼上罚站。在这个甜蜜的夏日午后，她被要求在空空的教室里背出讨厌的经典诗歌。尽管这所学校的历史很短，但是学校的纪律、举止行为，还有对英国文学的精通

---

① 《赫斯珀鲁斯的残骸》（*The Wreck of the Hesperus*）是亨利·沃兹沃斯·朗费罗的一首叙事诗，主要讲述了一位骄傲船长的悲剧。

早已声名远扬。

这时候，铺着地砖的走廊上，来了一位气势逼人、铺天盖地的人物，她身着灰色塔夫绸，汹涌澎湃地挥舞，像大帆船全速航行。女人胸前挂的是一位鬓角有胡须的绅士的浮雕肖像，肖像镶嵌在石榴石和黄金中，一起一伏、一上一下的节奏正好和强大的肺抽动时一致，外面裹着钢制撑衣片和灰色棉布。"女孩们，早上好。"这声音亲切而富有活力，好像专门从肯辛顿进口而来似的。

"早上好，阿普尔亚德太太。"女孩们在大厅前边行屈膝礼边齐声说道。

"所有人都在这里了吗，波蒂尔斯小姐？很好。那么，女孩们，今天天气真好，很适合在海茵岩上野餐。我已经吩咐过波蒂尔斯小姐了，天气暖和的话，可以在马车经过伍登德后脱掉手套。你们要在岩石旁野餐空地处吃光带去的所有食物。我再次提醒你们，那块石头非常危险，因此，哪怕是在非常低的斜坡上，也不可愚蠢地去冒险。而且，你们周一上午要写一篇关于地质方面的小文章。我还要提醒你们，那附近的毒蛇以及各种毒蚁可是出了名的多不胜数。我要说的就这么多。祝你们玩得开心，一定要注意你们的言行举止，为学院树立风范。麦克劳小姐，波蒂尔斯小姐，我希望你们八点回来参加烛光晚餐。"

马车是从赫西马其顿低地的马车出租房拉过来的，由五匹强壮的栗色马牵引。马车停靠在学院门口，赫西先生坐在上面。每逢学院的各种大型场合，即使是开学日家长坐火车从墨尔本过来，前往草坪喝香槟，赫西先生都会亲自驱车接送。他的一双蓝眼睛友好而精明，脸上永远堆着笑容，就像马其顿山上的玫瑰花园一样，在这个地区，人人都很喜欢他，就连阿普尔亚德太太都称他是"好人"，有时候会亲切地邀请他去办公室喝一杯雪莉酒……

　　"站那儿别动，赛勒……喂，女公爵……贝尔蒙特，不听话我就拿鞭子打你们……"事实上，五匹训练有素的马像雕塑一样站在那里，但这就是乐趣所在；赫西先生像所有优秀的马车夫一样知道什么时候说什么，也很会掌控时间。"小心你的手套，麦克劳小姐，别碰到车轮，很脏……"很久以前，他就不打算提醒马上要上车的女乘客们脏这一基本事实了。最后，关系好的、关系不好的以及两位老师都各就各位，各自找到了令人满意的座位。高年级的三个女孩：米兰达、艾尔玛、玛丽恩是形影不离的好朋友，她们坐在前排的驾驶座旁，这是她们梦寐以求的座位，赫西先生也很高兴这样安排。三位兴致勃勃，漂亮的女孩……

　　"谢谢你，赫西先生——现在可以走了。"麦克劳小姐坐在后排的座位上吩咐道，突然间意识到没有与数学有关的任务，因此全权指挥。

　　他们启程了；学院渐渐远去，只是穿过森林时，看到了学院的顶塔，在经过墨尔本——本迪戈路时，飞起了红色的尘土。"站起来，赛勒，你这个懒家伙……王子，贝尔蒙特，回到你的位置上去……"开始的一两里，就是学院附近她们熟悉的景色。她们太熟悉了，都不屑于往外看，道路两旁是参差不齐的桉树，有时候又是一片更加明亮的开垦过的土地。康普顿家白色农舍中有成片的柑橘树，给学院提供果冻和果酱，路旁是女教师管理的柳树丛，带队的女教师总是让她们在这个地方往回走。正如学朗文出版社的《历史主干道》一样，全班同学总是要回过头去学习乔治四世之死，然后在第二学期上爱德华三世。现在，她们欢快地经过了盛夏绿油油的柳树，当脑袋探出马车篷紧扣的防水布时，她们感觉前面就是大冒险。路边有个小弯，微暗的树叶中带点新绿，偶尔还有一排蓝黑色的松树，放眼眺望，像往常一样，马其顿南面山坡上好似簇生着白丝绒般的云朵，夏天里，山坡上浪漫的别墅暗示着遥远的成人快乐。

在阿普尔亚德学院，"沉默是金"这几个大字刻在走廊上，而且必须遵守。在匀速移动的马车上，这是个宝贵的自由时间，温暖、充满灰尘的空气吹打在脸上，她们像虎皮鹦鹉一样叽叽喳喳，说个不停。

坐在赫西先生旁的三个高年级女生，正高兴地谈论着充满喜悦但不切实际的梦想，刺绣、讨厌的人、烟花，还有即将来临的复活节。赫西先生一边听她们各种各样的谈话，一边注视着前方的道路，没有说话。

"赫西先生，"米兰达说，"你知道今天是圣瓦伦丁节吗？"

"米兰达小姐，我不知道。我不太了解圣人。那个人有什么特殊的工作呢？"

"波蒂尔斯小姐说他是爱的庇护者，"艾尔玛解释道，"他是一个极可爱的人——送给人们美丽的卡片，金光闪闪，而且还镶有花边——要吃糖果吗？"

"我在驾车呢，不用了，不过还是谢谢你们。"最终，赫西先生转移了话题。上周六，他去看赛马比赛，艾尔玛父亲的马领先。"那匹马叫什么名字，领先多远？"玛丽恩想知道。她对马不是太感兴趣，但是她喜欢收集第一手有用的信息，跟她去世的父亲，一名杰出的皇室法律顾问一样。

伊迪斯·霍顿讨厌被忽视，急着要秀一秀她的丝带，她倚靠在米兰达的肩膀上，问赫西先生那匹大的棕色马为什么叫女公爵？自己最喜欢的人在这些乘客间，赫西先生比较拘谨。"谈到那个，小姐，那你为什么叫伊迪斯呢？"

"因为伊迪斯是我祖母的名字，"她一本正经地回答道，"只是马不像我们一样有祖母。"

"哦，并不是它们没有！"赫西先生宽阔的肩膀扭转过来，对着这个傻傻的孩子说道。

上午温度持续上升。太阳光直射到马车金闪闪的顶棚上，顶棚上布满了红尘，透过扣得很松的窗帘照射到眼睛和头发上。"这就是我们寻求的乐趣，"麦克劳在阴凉处喃喃自语道，"这样的话我们马上会受到毒蛇和毒蚁的摆布……人类是多么愚蠢啊！"她打开书包里的书也没用，耳朵里全是女学生的喋喋不休。

刚一过伍登德镇，通往海茵岩的路突然向右转了个大弯。赫西先生在前面的旅馆前停下来歇息，在启程之前给马喝了水。马车里的温度开始难以忍受，大家都脱了必须要戴上的手套，"老师，我们能把帽子也摘了吗？"艾尔玛问道，在她僵硬的学校水手帽下，蓝黑的鬈发像温暖的潮汐般涌动。老师笑了笑，看看坐在对面的麦克劳小姐，她笔直地坐在那里，闭着眼睛，但没有睡着，戴着深褐色羔皮手套的手搭在一起放在膝盖上。"当然不行。我们只是在远足，没必要整车的人都像吉卜赛人。"然后又进入了有纯粹清晰理性的世界。

马蹄节奏的踢踏声以及车里密闭的空气让她们昏昏欲睡。现在才十一点钟，到达海茵岩吃东西还需要很长时间，老师们商量让赫西先生在合适的路边停下来。马车在一棵老白皮桉树的树荫下停了下来，她们打开柳条篮，里面有牛奶和美味的冰镇柠檬汁，她们脱去帽子，没有人说什么，相互传递着饼干。

"很长时间没有吃这些东西了，"赫西先生边说边小口抿着柠檬汁，"尽管我不喝烈性酒，但是在一些重大的日子我还是会像今天一样喝点的。"

米兰达站起来，把柠檬汁举过了头顶。每个人就连赫西先生也都举起了杯子，"为圣瓦伦丁节干杯！""圣瓦伦丁！"这个可爱的名字响彻在灰尘飞扬的道路上。麦克劳现在沉浸在自己头脑中的"天体音乐"①里，这个即使为疯人院的汤姆②、波斯国王干杯她也不会在意的人，此时也心不在焉地举起了空杯子，然后送到苍白的嘴边。"现在，"赫西先生说，"如果圣人没有意见，米兰达小姐，我想我们应该上路了。"

"人类啊，"麦克劳小姐向正在她脚上拾面包屑的喜鹊倾诉道，"总是沉迷于完全无用的运动中。没有谁，只有傻子似乎才想静坐等改变！"然后她不情愿地爬上她的座位。

她们收拾好篮子，怕有人落下，于是就点了点人数，马车的踏脚板从车底板抽起，他们又上路了，路上有零星的树荫，那些树都是笔直的新树木。马不断地往前赶路，涟漪的金光洒在紧绷的肩膀和汗津津的屁股上。五套马蹄踩在原始的乡村公路上几乎毫无声音。没有其他的行人，鸟儿也没有用歌声打破斑点下的寂静，小树上的灰色尖叶毫无生气地悬挂在中午热气腾腾的空气中。谈笑的女孩们坐在暖和的马车里面，没有意识到这么安静，直到她们探出头来，正午的阳光洒在了她们的脸上。"肯定快十二点了，"赫西先生对乘客们说，他没有看表，只是看着太阳，"现在还不是很糟糕，女士们……我对你们的老师发过誓，八点之前带你们回学院。""学院"这两个字在这温暖的马车里听着都有点寒心，没有人应答。

这是仅有的一次，格丽塔·麦克劳一定会参与的谈话，在

---

① 一种古代的哲学观点，把天体运动的部分当作是一种音乐形式。
② 一首佚名诗歌，全诗用一个疯人院无家可归的人的口吻所写。当代美国著名的文学教授哈罗德·布鲁姆称这首诗是英语中佚名写的最伟大的抒情诗。

教师办公室，她很少说话。"即使是在悬岩上多逗留一个小时，我们也没有理由迟到。赫西先生和我一样都很清楚三角形的两边之和大于第三边。今天上午我们走的是三角形两边的路程……我说得对吗？赫西先生？"赫西先生点头表示同意，但是却很茫然。麦克劳小姐是个奇怪的人。"很好，然后——今天下午，你要改变行程，从第三边的路线回来。这样的话，我们进入伍登德镇的这条道路的直角上时，返回的路程正好就沿着直角三角形的斜边。"

这些对只有实践经验的赫西先生来说太难了。"我不知道什么河马①，小姐，你是否是指驼峰，"他用鞭子指着马其顿山区，驼峰高耸入云，"不管你用不用算术，驼峰比我们一路走来的路还要长。你可能有兴趣想知道有没有大路，这里没有大路，只是山后面有一条凹凸不平的小路。"

"我不是指驼峰，赫西先生。不过还是谢谢你的解释。我倾向于理论，对马和道路知之甚少。玛丽恩，你在前面能够听到我说话吗？我希望你能够理解我的意思。"玛丽恩是班里唯一学毕达哥拉斯（定理）学得很好的人，她很受欢迎，就像一个野蛮人只能听懂失事船只水手的几个单词，那就是最受欢迎的人了。

就在他们谈论的时候，前方的视角已逐渐发生了改变，海

---

① 这里是赫西先生听错了，本来应该是麦克劳小姐说的"斜边"，英语中"斜边"（hypotenuse）这个单词与"河马"（hippopotamus）这个单词读音有点相似。

茵岩瞬间展现了其令人吃惊的景象，就在正前方，灰色火山成片地此起彼伏，像空旷的黄色平原上突出的城堡。三个坐在前排的女孩可以看见垂直的山岚零星地点缀着靛蓝色的树荫，还有一片片灰绿色的山茱萸，放眼望去，巨大且坚硬的卵石也开始崭露头角。山的顶峰，一眼望去是光秃秃的植被，一排锯齿形的岩石径直穿过宁静的蓝色天空。马夫的眼睛任意地闪烁在神奇的景色中，挥舞着长鞭。"小姐们……只有一里半了！"

赫西先生对事实和数据都很有把握。"高度超过五百英尺……火山……几块巨石……有几千年了。对不起，麦克劳小姐，我应该说百万。"

"山走到穆罕默德跟前①，海茵岩走到赫西先生跟前。"古怪的麦克劳老师望着他笑：这诡异狡黠的微笑，对赫西先生来说，比话语更加搞不懂。波蒂尔斯小姐想对这位可爱且一脸迷惑的赫西眨眨眼，最后幸好忍住了。还真是，可怜的格丽塔越来越古怪了！

马车骤然向右转弯，速度开始加快，神志清醒的声音从驾驶员座位处传来。"我猜你们想吃午餐了。我已经准备好了鸡肉馅饼，我已经听你们聊了很多了。"女孩们又开始聊天，不只是伊迪斯一个人关心着鸡肉馅饼。女孩们伸长了脖子想再看看岩石，随着一弯接一弯，岩石若隐若现；有时候近得可以看见山顶的两块平衡巨石，有时候又由于前面的灌木丛和高大树

---

① 此句话出自《古兰经》中的故事《山不过来我过去》，原句为"山不到穆罕默德那边去，穆罕默德就到山的这边去"。

木遮挡而变得模糊不清。

通向海茵岩上野餐空地的木质门，现在是关着的。米兰达，以前在家是开门的好手，她问都没问，就从座椅上跳下来，很有经验地打开了弯曲的木门闩，这令赫西先生很佩服，他注意到了她那纤纤细手稳健而自信，同时用臀部巧妙地顶住沉甸甸的大门，生锈的铰链被打开，门开了，当马车安全地进来时，一群鹦鹉尖叫着从低垂的树上飞了出去，经过阳光照射的平草地，飞向马其顿山，飞向绿水青山的南方。

"过来，赛勒……女公爵，原谅你……贝尔蒙特，你在干什么呢……？天啊，米兰达小姐，你要想她们从来没有看见过鹦鹉飞翔。"因为是节假日，赫西先生心情很好，现在就像平日管理马其顿马厩里以及自己后院的窄门一样自信，一样快乐，引导五匹马从可靠的现在进入无法预知的未来。

第二章

　　野炊炉子是用几圈平板石围成的，厕所是用木材搭建的，形状像个日本宝塔，这些东西是野餐空地上仅有的人工搭建。时至夏末，小溪越过长长的干草，缓缓流动，犹如浅水潭般，时而干涸，时而又涌现在人们的眼前。午餐摆放在一张白色大桌布上，桌布铺在几棵橡树下，橡树枝叶茂盛，遮挡了太阳的照射。除了一些澳大利亚式野餐不可或缺的食物，如鸡肉馅饼，天使蛋糕，果冻和温热的香蕉，厨师还精心准备了一个漂亮的心形奶油蛋糕，为此汤姆还专门用一块铁皮制作了蛋糕模具。赫西先生用树皮和树叶生火煮好了两大罐茶，此时，他正在马车的影子下把弄着烟斗，在这儿，他还可以密切留意着那些拴在树荫下的马。

　　在小溪对面的野餐空地上，有另外一群人，大概三四个，扎营在远处的黑木底下，那里还有一匹枣红色的大马和一匹白色的阿拉伯小马，它们正吃着马车旁谷物袋里的午餐。伊迪斯一边评价："这里真是安静得可怕，"一边大口地吃着奶油，

"真是无法想象怎么会有人喜欢住在农村，除非是那些穷得可怕的人。"

"如果澳大利亚人都这么想的话，你就不会吃那么多的奶油发胖了。"玛丽恩说道。

"除了那边有马车的一群人，我们也许就是整个世界上唯一的生物。"伊迪斯说，她一句话轻轻松松地把整个动物王国都排除在外了。

阳光普照的山坡和绿荫如盖的森林，对于伊迪斯而言，都是如此地安静、沉寂。实际上，山坡和森林间却充满了各种没被察觉的声响——树叶的沙沙声、小鸟的叽喳声、急促的脚步声、动物的抓扒声、羽翼的轻拍声。阳光透过树冠照射下来，树叶、花朵和小草在光束下摇曳，发出暗淡的光。在云层的阴影下，可以看到，金黄色的尘埃在水面上跳动，水甲虫迅速地掠过水面。在岩石和草地上，机智的蚂蚁正越过撒哈拉沙漠般的干沙和满是小草种子的丛林，没完没了地收集和储存着食物。在这些像山一样高大的人类中间，散落着神赐的面包屑、葛缕子籽和裹着糖浆的霜片——这些东西味道既特别又奇异，但一看就知道是能吃的。一群红蚁中，有一大半都竭尽全力地弓着身躯，努力地拖着一片从蛋糕上掉落的糖霜，它们朝着隐秘的食物室前行，这些食物室的位置十分危险，旁边就是布兰奇的黄色脑袋。蜥蜴趴在最烫的石块上方取暖，一只甲虫拖着沉重的盔甲缓慢前行，在枯叶里打了个滚，躺在那儿绝望地蹬着腿，想翻过身去。白胖的蛆虫和灰扁的潮虫，更喜欢躲在一层层的腐坏树皮中，那儿既潮湿又安全。慵懒的蛇盘卧在隐秘的洞穴中，等待着黄昏的到来，到时它们就可以滑进空心的木头中，去饮用溪水。栖息在矮树深处的小鸟，则等着白天热气的消散……

昏昏欲睡的胖女孩，正在阴凉处休息，她腹部裹着束身衣、身上穿着衬裙、脚上套着棉袜和靴子，与大地、空气和阳光失去了天然的联系。和相片集中的模特一样，模特们在软木制的岩石和硬板树的背景下，随意地摆弄着姿势，她们都与周围的环境格格不入。

填饱了肚子，享用完美食，在水潭中清洗完杯子和盘子后，女孩们得以安歇下来，享受余下的午后时光。一些人三三两两结伴，在马车附近到处晃荡，但她们不能走远。其他人则享受着美食和阳光，打着盹做着梦。罗莎蒙德正织着东西，布兰奇却早已熟睡。来自新西兰的一对认真的姐妹正为麦克劳小姐画着素描像。麦克劳小姐最终脱下了羔皮手套，之前她戴着手套，心不在焉地吃着香蕉，结果却弄得一团糟。她直挺挺地坐在一根倒下的树干上，把她那刀一般的鼻子埋在书里，戴着一副银边眼镜，要画她的漫画像简直太容易了。旁边是波蒂尔斯小姐，她金色的头发散落到脸庞，躺在草地上尽情地放松。艾尔玛用从妈妈那借来的珍珠小刀削着杏子，把杏子变成了一道配得上埃及艳后宴会的诱人佳肴。"为什么会是这样？米兰达，"她喃喃低语，"这么可爱的人居然会在学校当老师——全天下最无趣的人……？哎呀，赫西先生来了，他好像很惭愧要把波蒂尔斯小姐叫醒。"

"我没有睡着，只是在做白日梦，"女教师说，她手肘枕着头，脸上带着心不在焉的微笑，"怎么了，赫西先生？"

"小姐，真是非常抱歉打扰到您，但为了确保我们五点前可以离开，如果我的马儿准备好了，也许可以更早些。"

"这是理所当然啦，你说了算。我该去看看那些年轻女士们是否准备好，可以随时出发。现在几点了？"

"我刚好也想问你呢，小姐。我的那块旧表貌似停在了十二点。在这整整一年里，偏偏就挑在今天不走了。"

恰巧波蒂尔斯小姐那块精致的法国表也送到本迪戈维修去了。

"是送去蒙彼利埃的店里吗，小姐？"

"这应该是修表人的名字吧？"

"在黄金广场吗？如果是的话，我只能说，你确实做了个正确的决定。"沉着的波蒂尔斯小姐脸上浮现出一抹明显的晕红，问道："真的吗？"就像是咬着骨头的小狗，赫西先生开始谈论起蒙彼利埃，谁也打断不了他的话。"我告诉你吧，小姐，在澳大利亚蒙彼利埃和他爷爷，在修表行中都是最好的。他也是位善良的绅士，你再也找不到比他更好的修表匠了。"

"我知道了。米兰达，你有一块精致的钻石怀表，你能告诉我们现在几点了吗？"

"真是十分抱歉，女士。我不再戴那块表了。我实在是无法忍受那东西没日没夜地滴答作响，而且就挂在我的胸口。"

"如果那块表是我的，"艾尔玛说，"我绝不会把它摘下来，即使是洗澡也不摘，赫西先生你会舍得摘下来吗？"

麦克劳小姐极不情愿地合上书，用两根枯瘦如柴的手指，伸向那干瘪的深褐色胸部摸索，掏出一个挂在链子上的老式金色怀表。"停在十二点不走了，我爸爸的表以前可从未罢过工。"赫西先生只好细心地注视投射在海茵岩的影子，从午餐时间开始，它在地面的影子就开始滑向野餐空地。"出发前我要不要再烧几根木棍煮杯茶呢？大概还有一个小时吧？"

"一个小时，"玛丽恩·奎德说，她拿出几张方格纸和一把尺子，"如果有时间的话，我本打算在悬崖底下做一些测量。"因为米兰达和艾尔玛想再近距离地观察悬崖，所以她们希望可以在下午茶之前步行到山脚。波蒂尔斯小姐犹豫了一会儿后同意了，麦克劳小姐再次开始埋头苦读。"直线距离有多远，米兰达？"

"只有几百码的距离。"玛丽恩·奎德说，"我们得沿着小溪向前走，这样可能需要走得久一点。"

"我可以一起去吗？"伊迪斯问，她一边打哈欠，一边站起来，"午餐我吃了太多的馅饼，让我昏昏欲睡。"其他两个女孩用怀疑的眼神看着米兰达，伊迪斯得到允许一起跟着去。

"不要担心我们，亲爱的女士，"米兰达微笑着说，"我们只是离开一小会儿。"

波蒂尔斯小姐站起来，看着四个女孩向小溪走去；米兰达在前面一些，她滑过高高的草丛，白色的裙子也在草丛中掠过。玛丽恩和艾尔玛手挽着手紧跟其后，伊迪斯则笨手笨脚地落在后面。当她们来到溪流改变流向的草丛时，米兰达停住了，将那被阳光照得闪亮的脑袋转向波蒂尔斯小姐，表情严肃地朝她微笑，波蒂尔斯小姐也回应了她一个微笑并向她挥手，老师一直站在那，朝她们微笑挥手，直至在她们走到弯道处，渐而消失在视线中。"我的上帝啊！"她对着空旷而湛蓝的天空叫道，"现在我明白了……"

"你明白什么了？"格丽塔·麦克劳问道，她抬起头来，满脸警觉和认真，摆出一副令人不安的模样。波蒂尔斯小姐即便是说英文也很少会出现张口结舌的情况，此时却很尴尬，竟然不知道要说什么。她非常高兴地发现，米兰达就是乌菲齐美术馆里波提切利画中的天使①，可这却无法向别人解释，尤其是麦克劳小姐……在这样的夏日午后，真正重要的事情是无法解释也无法思考的。比如爱情，就在几分钟之前，一想到路易斯的手娴熟地校准塞夫尔时钟，她就会感到眩晕。她再次躺在温暖又芬芳的草地上，看着垂枝的影子从装着牛奶和柠檬水的篮子上滑过。篮子马上要暴露在酷热的阳光下了，因此她起身将篮子提到了阴凉处。四个女学生离开应该有十分钟了，可能还不止。这一点没必要看表也能估摸出来。这个非常疲倦的下午提醒了波蒂尔斯小姐，现在正是人们厌烦了无聊活动，打算和她

---

① 意大利画家桑罗德·波提切利最著名的两幅画都是以歌颂女神维纳斯为主题的，画藏于意大利乌菲齐美术馆。

此时一样，小憩一会儿的时间。在阿普尔亚德女子学院，学生到了午后的课堂上，老师就会时刻提醒她们坐好，认真听课。她睁着一只眼，看到那对认真的姐妹已放下了她们的素描本，躺在池边睡着了。罗莎蒙德则在编织物上打盹。波蒂尔斯小姐全凭着一股意志力，清点了一下她照顾的十九个女生。除了伊迪斯和三个高年级女生，其他人都在视线范围内且一叫便会回应。因此她闭上眼睛，继续享受她那被打断的美梦。

与此同时，四个女孩依然沿着上游弯曲的溪流前行。隐蔽的水源位于悬崖底下蕨类植物和山茱萸的交织处，并延伸到了野餐空地的平地处，这涓涓细流几乎无法察觉。但在约几百米处，小溪变得更深、更清澈，湍急地越过平滑的石头，不一会儿又匆匆地流进了一个小水潭，茂盛的淡绿色小草环绕着水潭。毫无疑问，这就是那群驾着马车的人选择这个特别的地点来野餐的原因。一位年长者，身体结实，留着长胡须，戴着遮阳帽，帽子遮去了他那张又大又红的脸，他正躺着熟睡，双手交叉，放在裹着红色腰带的肚子上。在他旁边，有位小妇人，穿着精致的丝绸外衣，双眼紧闭，坐在了从马车上拿来的坐垫上，倚靠着一棵树，手里拿着棕榈叶在扇风。一个身材纤细、皮肤白皙的青年——非常年轻——穿着英式马裤，正全神贯注地看一本杂志，而另外一个人，年纪和他差不多，也许稍微比他大一点，因为后者结实黝黑，而之前那个青年皮肤细嫩，脸颊红扑扑，结实黝黑的青年正在水潭旁卖力地清洗着香槟酒杯。他的马夫帽和带着银色纽扣的深蓝色夹克，被粗心地丢在

24

一丛芦苇上，露出了一团浓密的黑发和一对结实的古铜色手臂，手臂上纹了美人鱼。

虽然四个女孩沿着这难以捉摸的小溪前行，走过了无数个回环和弯道，现在才走到几乎与另外一个野餐聚会的同一高处，但是海茵悬岩仍然调皮地躲在高大林木的后面。"我们真的要找条合适的路，穿过这条小溪。"米兰达眯着眼睛说，"不然等回去的时候，我们什么都看不到。"小溪流入水潭后变宽了。玛丽恩·奎德说出了她的估测结果，"至少有四英尺而且还没有垫脚石。"

"我建议我们跳过去，希望这是最好的办法。"艾尔玛挽起裙子说。

"你可以吗，伊迪斯？"米兰达问。

"我不知道，我不想打湿我的脚。"

"为什么不想打湿脚？"玛丽恩·奎德问。

"如果那样，我可能会得肺炎死掉，到时候你就不会再戏弄我，而是要感到愧疚了。"

她们平安无事地穿过了波光粼粼、湍急的溪水，年轻马夫觉得她们这样过河非常正确，用低沉且有穿透力的口哨声向她们打招呼。当女孩们听不到他们的声音，朝着岩石的向阳面走去后，穿着马裤的青年放下手中的《伦敦画报》慢慢地走向水潭。"我可以帮忙洗这些杯子吗？"

"不，不行。我只是把它们快速清洗一下，回家后，就不会被厨师骂了。"

"哦……我明白了……恐怕我不太会洗餐具……看这里，艾尔伯特……我希望你不介意我这样说，但是我真是希望你刚刚没有那样做。"

"我做了什么，迈克尔先生？"

"对那些打算跨过小溪的女孩吹口哨。"

"据我所知，这可是个自由的国家。吹口哨怎么了？"

"只是因为你是个好小伙，"另外一个人说道，"而且可爱的女孩，不喜欢不认识的家伙朝她们吹口哨的。"

艾尔伯特咧着嘴笑道："你不会这也信吧！谈到小伙子时，所有女孩的反应都一样，你觉得她们是不是阿普尔亚德女子学院的学生？"

"该死，艾尔伯特，我来澳大利亚不过几个星期——我怎么可能知道她们是谁？实际上，我是在听到你吹口哨后才抬头的。"

"那你可以相信我，"艾尔伯特说，"而且我在这里漂泊了很久，无论她们是来自那该死的学校，还是拉扯我和我妹妹长大的巴拉腊特孤儿院，都是一样的。"

迈克尔缓慢地说："对不起，我不知道你是个孤儿。"

"基本上算是个孤儿，自从我妈妈跟一个悉尼的家伙跑了后，我爸爸也遗弃了我们两个。我们就被关进了该死的孤儿院。"

"孤儿院？"另外一个青年重复道，他觉得自己在听关于恶魔岛生活的第一手报道。

"告诉我——如果你不介意谈论这个的话——在那种地方长大感觉如何？"

"太糟糕了。"艾尔伯特洗完了杯子并将上校的银杯整齐地摆放在皮箱中。

"天哪，简直让人难以忍受！"

"哦，从另一方面来讲，那里算是够干净的了。没有虱子或其他脏东西，除了有些可怜的小家伙刚被送进来时，他的头上会有些幼虱，这时保姆会拿出一把巨大的剪刀，把他的头发剪掉。"迈克尔对孤儿院的生活十分着迷。"继续讲，告诉我更多关于那里的故事……他们会让你经常去看你妹妹吗？"

"呃，你知道，那时候窗户上都有铁栅——男孩在一个教室，女孩在另一个教室。唉，我已经有很多年没去想那个他妈的令人讨厌的地方了。"

"不要说这么大声。要是被我婶婶发现你骂人，她会要我叔叔把你解雇了。"

"他不会的！"另一个青年大笑着说，"上校知道，我把他的马照看得非常好，也不会偷喝他的威士忌。对的，几乎从来没有偷喝。跟你说实话我真的受不了那酒的味道。这些是你叔叔自愿给我的法国汽酒。喝下去既美味又清爽。"艾尔伯特身怀无数处事本领。迈克尔对他佩服得五体投地。

"我说，艾尔伯特——我希望你把迈克尔先生之类的话去掉。这听起来没有丝毫澳大利亚的感觉，不管怎样，你就叫我迈克吧。除非是在我婶婶的面前。"

"那就听你的吧！迈克？是你书信上写的尊敬的迈克尔·菲茨赫伯特的简写吗？呀！真是拗口啊！如果将我的名字写在纸上我应该都不认识。"

对于英国青年来说，古老的姓氏是一种宝贵的个人财产，无论走到哪儿都陪伴着自己，就像是这个猪皮旅行袋和装满钱的钱包，理解这令人惊讶的说法可能需要几分钟，然而马夫却惊奇地继续说道："我爸爸过去有困难时，会经常改名字，我也忘了他们在孤儿院登记的是什么名字。我也不在乎这个。我觉得，他妈的名字都一样。"

"我喜欢和你聊天，艾尔伯特。你说的话经常让我陷入思考。"

"如果你有时间，思考当然没问题，"另一个青年一边伸手去拿他的夹克，一边回答，"我最好给马系上星条旗，否则你婶婶要生气的。她想早点动身。"

"好的。在我们走之前我要到处走走。"艾尔伯特目送着这细长而孩子气的身影，优雅地跨过小溪并大步地走向岩石。"他这是去走走吗？我敢打赌他想去再看看那些姑娘……那个披着一头乌黑鬈发的小美人。"他回到了马旁，开始把杯子和盘子放入印度草篮中。

迈克走过第一片森林时，四个女孩已不见踪影。他仰望着岩石的峭壁，思索着她们能够走多远。据艾尔伯特所说，即使是对于那些老练的登山者，海茵悬岩也是难以征服的。如果艾尔伯特说的没错，她们不过是和他在英国的妹妹年纪相仿的女学生。怎么敢在夏季午后让她们独自出来？但是他提醒自己现在是在澳大利亚：澳大利亚，一切皆有可能。在英国做的所有事，之前都被别人尝试过：往往就是自己祖先做过的。他坐在倒下的树干上，听见艾尔伯特在林木的另一头喊他，知道这是他自己迈克尔·菲茨赫伯特打算生活的国家。她叫什么名字？那个身材苗条、皮肤白皙、披着黄色直发的女孩，她跨过小溪的时候，就像是叔叔家湖面上的白天鹅。

第三章

刚跨过小溪，海茵岩就耸立在四个女孩的眼前，在长满草的山坡上清晰可见。米兰达是第一个看到海茵岩的人。"不是，不是，伊迪斯！不要往下看！就在那儿——在天上。"后来迈克尔想起米兰达如何停下脚步转过头，朝着胖女孩叫喊，那时胖女孩正吃力地跟在后面。

高耸的山峰令人触目惊心，顿时引来一阵沉默，山峰巍巍庞大，就连伊迪斯也看得目瞪口呆。这壮观的景象，好像是老天爷和阿普尔亚德女子学院女校长做好的特别安排，光芒四射，就等着她们的到来。在陡峭的南面山坡上，闪烁着金色光芒和深紫色的影子，光影交织，勾勒出一块块长条岩石的精妙结构。一些岩石平滑如巨大的墓碑，另外的则历经史前的风吹雨打，日晒夜露，显得凹凸不平。巨型的圆石最初是由沸腾的地底喷出，火红且炽热，如今却冷却了，变成了圆形，静静地躺在森林的树荫之下。

面对大自然如此不朽的构造，人类的眼睛远远不够用。四双眼睛正好奇地盯着海茵岩，对于海茵岩所呈现的奇观，谁能肯定这四双眼睛看到的、锁定的以及记录的是多还是少？悬崖以垂直岩层为主，玛丽恩·奎德是否注意到与垂直岩层相交的水平壁架？下周一的短文中必须提及这种结构。伊迪斯是否意识到行走的靴子踩到了无数朵脆弱的星形小花，而艾尔玛看到了一根鹦鹉深红色的羽毛一闪而过，却以为是鲜红的落叶？还有米兰达，她抬头仰望着阳光下闪闪发光的山峰，双脚不由自主地越过蕨类植物，她是不是已经觉得，自己不只是一个张着嘴看假日哑剧的观众？她们依次静静地向下坡走去，每个人都沉浸在自己的世界中，没有察觉到地壳中的熔融体，因为被禁锢在这呻吟着的地球，而发出的焦虑和紧张：咯吱咯吱声和抖动声，唯有聪明的小蝙蝠洞察到弥漫的空气和气流，它们倒挂在湿冷的巢穴中。没人注意到蛇拖着它铜线圈般的身体滑行过前面的石头。也没人发现受到惊吓而大批撤离的蜘蛛，或是从腐烂的树叶和树皮中逃离的蛆虫和潮虫。悬崖的这一带没有任何足迹。也许曾经有过足迹，但是已经消失很长一段时间了。除了偶尔会出现一只兔子或是侵入干旱山顶的小袋鼠，这里已经很久很久没有其他生物生存了。

玛丽恩第一个打破了这阵沉默。"这些山峰……一定有一百万年了。"

"一百万。哦，太震惊了！"伊迪斯大叫道，"米兰达！你听到了她说的吗？"对于十四岁的孩子，数百万年简直是不妥的。米兰达因一阵平静无声的欢快而感到兴奋，只是回头一笑。伊迪斯很坚持地问道："米兰达！这不是真的，是吗？"

"我爸爸以前在一个矿山中赚了一百万——在巴西，"艾尔玛说，"他给妈妈买了个红宝石戒指。"

"钱是另外一回事。"伊迪斯坚定地评论道。

"不管伊迪斯喜不喜欢，"玛丽恩指出，"她那胖乎乎的小身体是由数百万的细胞构成的。"

伊迪斯用双手捂住耳朵。"别说了，玛丽恩！我不想听这种事情。"

"还有呢，你这个小傻瓜，你已经活了数百万秒钟了。"

伊迪斯的脸蛋已经十分苍白了。"别说了！你让我觉得晕乎乎的。"

"呀，别捉弄她了，玛丽恩，"米兰达安慰道，她头一次看到平日里不会不理睬别人的伊迪斯灰心丧气的样子，"这个可怜的孩子是累过头了。"

"是的，"伊迪斯说，"而且这些烦人的蕨类植物把我的腿刺痛了。为什么我们不一起坐在那块伐木上，从那儿看着这又丑又老的山崖呢？"

"因为，"玛丽恩·奎德说，"你坚持要跟我们一起来，我们三个高年级的是想在回去之前近距离地看看海茵岩。"

伊迪斯开始哽咽地说："这里太糟糕了……我从来没想到会是这么糟糕，早知如此，我是不会来了……"

"我总是觉得她是个愚蠢的孩子，现在算是确定了。"玛丽恩大声地说道。正如她证明出了等腰三角形一样。玛丽恩心无敌意——只是对任何真理都有着一股强烈的求知欲。

"不用担心，伊迪斯，"艾尔玛安慰道，"马上你就可以回家，开开心心地吃着情人节的可爱蛋糕。"这不仅是缓解伊迪斯现在悲痛的简单方法，同样也是解决所有人类悲伤的简单方法。尽管只是个小女孩，艾尔玛·利奥波德曾经最想看到的就是，每个人都对自己所选的蛋糕感到满意。有时这成了几乎难以忍受的渴望，正如今天下午，当她往下看，看到波蒂尔斯小姐躺在草地上熟睡。后来她满满的爱心和慷慨的捐赠都很好地表达了她的这种渴望，就算她的法律顾问不接受，毫无疑问上天还是欢迎的：一大笔钱捐给无数件徒劳无用的事业——麻风病人、沉落的戏剧公司、传教士、神父、患肺结核的妓女、圣人、瘸腿的狗、全世界的落魄者。

"我感觉那里的某个地方以前有条小道，"米兰达说，"我记得我父亲给我看过一幅画①，画中的人穿着老式的衣服在山崖上野餐。我真希望我知道画中的地点。"

"他们也许是从对面上来的，"米兰达拿出她的铅笔说道，"那时候，他们可能是从马其顿驾车过来的。今天早上，从马车上看到，一些奇怪地平衡着的巨石，我非常想看看那些巨石。"

"我们不能再走很远了，"米兰达说，"记住，女孩们，我答应过波蒂尔斯小姐，我们不会走得太远。"

---

① 米兰达记得的那幅画名为《悬崖上的野餐》（1875 年），画家是威廉·福特，现在这幅画正挂在维多利亚国家美术馆。——作者注

每往前走一步，前方的景色就越来越有吸引力，她们也能更详细地看到有雉堞的峭壁和石头上的青苔图像。布满灰尘的银色山茱萸叶上，满是光滑的月桂叶，在两块岩石之间的黑色裂缝处，还有铁线蕨像绿丝带似的在那颤动。"那至少让我们看看，跨过这个小坡，景色怎样，"艾尔玛卷起宽松的长裙说，"无论是谁设计了二十世纪女装的流行款式，都应该试试穿三层式的裙子穿过欧洲蕨。"很快穿过了欧洲蕨，来到了密集又凌乱的灌木丛，灌木丛后面是一个齐腰的岩石架。米兰达第一个走出灌木丛，她跪在岩石上，熟练自信地把其他女孩拉上来，就在早上当她开门时，本·赫西还佩服了她这矫健的身手。（"在五岁的时候，"她父亲很高兴地回忆，"我们米兰达把一条腿跨上马背，就像是个骑马检修栅栏的管理员。""是的，"她妈妈补充道，"而且仰着头走进客厅，就像个小女王。"）

她们发现自己来到了一个近乎圆形的平台，周围环绕着岩石、巨石和一些笔直的树苗。艾尔玛立马发现了一块岩石上有个洞孔，她着迷地从洞孔往下望，看见了下面的野餐空地。热闹的场面好像被高倍望远镜放大了一样，在树群之间，立体且清晰地呈现出来：赫西先生忙着照看他的马，小火堆里冒着烟，女孩们穿着轻薄的裙子走来走去，还有波蒂尔斯小姐的阳伞，在水潭边撑开着，好似一朵淡蓝色的花。

她们决定回小溪之前，在岩石的阴影处休息几分钟。"如果我们可以整晚待在外面，看着月亮升起那该多好啊，"艾尔玛说，"不要太严肃了，亲爱的米兰达——我们没有什么机会在学校外面玩耍。"

"而且也没有拉姆利那种卑鄙的人看守和监视着我们。"玛丽恩说。

"布兰奇说她知道一件事，那就是拉姆利小姐只有星期天才会清洁牙齿。"伊迪斯插嘴说道。

"布兰奇真是个讨厌的小灵通，"玛丽恩说道，"你也是。"

伊迪斯没有被打断，说："布兰奇说萨拉写诗。在厕所，你知道的。布兰奇在地板上发现她的一首诗，写的全是米兰达。"

"可怜的小萨拉，"艾尔玛说，"米兰达，除了你，我相信在这个世上，她谁都不爱。"

"我真不知道这是为什么。"玛丽恩说。

"她是个孤儿。"米兰达温柔地说。

艾尔玛说："萨拉让我想起了以前爸爸带回家的一头小鹿。同样有着一双惊恐的大眼睛。我照顾了它几个星期，但是妈妈说圈养是绝对活不了的。"

"那它活下来了吗？"她们问道。

"没有，它死了，妈妈老是说这是命中注定。"

伊迪斯随声附和道："命中注定？这是什么意思，艾尔玛？"

"当然是命中注定会死去！就像是那首诗里的男孩'站在

燃烧的甲板上，众人皆已逃离只剩他一个，呃……啊啊……'①后面的部分我忘记了。"

"哦，真是太糟糕了！姑娘们，你们觉得我也是'命中注定'吗？我现在感觉很不舒服。你们认为那个男孩是不是和我一样，肚子也很不舒服？"

"当然——如果他也和你一样，午餐吃了太多的鸡肉馅饼。"玛丽恩说，"伊迪斯，我真希望你能安静一会儿。"

伊迪斯胖嘟嘟的脸上流下了几滴泪水。这是为什么呢，艾尔玛在思索着，上帝把有些人造得毫无姿色、令人生厌，而另外一些人却是那样美丽，比如米兰达；亲爱的米兰达，弯下腰用她冰凉的手，抚摸这个孩子发烫的额头。这种莫名亲切的爱，只有在喝爸爸最上等的香槟，或是某个春天下午，听鸽子在忧伤地咕咕叫时才会感觉到，填满她的心头。这也包括了玛丽恩的爱，她冷酷的微笑，等待着米兰达去处理伊迪斯那些毫无意义的事。泪水涌上艾尔玛的双眼，但不是因为悲伤。她不想哭。只是因为爱，她将了将她的卷发，站起来离开躺在上面乘凉的岩石，开始跳舞。更确切地说，是在暖和又光滑的石头上滑动。除了伊迪斯，所有人都脱下了袜子和鞋子。她光着脚跳舞，粉红的脚趾仅仅只是沾到地面，就像是芭蕾舞女，卷发和丝带飘舞着，还有一双明亮陶醉的眼睛。六岁时，外婆把她带到伦敦的科文特花园，她向剧院的仰慕者飞吻，从花束中摘

---

① 这是英国女诗人费利西亚·赫曼斯(1793—1835)的代表作诗歌《站在燃烧甲板上的男孩》中的一句。

下一朵花投向正厅的前排座位。最后，面向桉树的半腰处的"皇室包厢"行了一个恭敬的屈膝礼。伊迪斯，倚靠在一块巨石上，指着正往上走的米兰达和玛丽恩。"艾尔玛。快看看她们。在这世上，她们觉得不穿鞋能去哪呢？"艾尔玛很烦，但只是笑了笑。伊迪斯生气地说："她们一定是疯了。"伊迪斯这种人，从很小的时候就穿着羊毛保暖袜和胶鞋，是无法理解如此恣意放荡的荒唐事。伊迪斯看着艾尔玛，想寻求精神上的支持，可她惊恐地发现艾尔玛也捡起她的鞋子和袜子挂在腰上。

四个女孩奋力向前，走过山茱萸，米兰达走在最前面，伊迪斯却吃力地跟在队伍后面。后面三个女生能看到米兰达柔顺的黄色头发，随意散落在她那可靠的肩膀上，左右摇摆，掠过一波接一波的布满灰尘的绿色植物。一直到最后，丛林开始消失，眼前出现了小小的悬崖，悬崖上散落着最后一抹阳光。自古以来，在无数个夏日的黄昏，那影子就这样落在海茵岩的峭壁和山峰上。

出现在她们面前的是突出的半圆形岩石，这些岩石和它下方的岩石构造十分相似，周围环绕着巨石和零散的石头。成簇的蕨丛在暗淡的光束下一动不动，也没有在干枯的灰色苔藓地上留下任何影子。在这儿恰好可以看到山崖下面的平地，但是非常遥远而且很模糊。艾尔玛从巨石间的缝隙往下看，看到波光粼粼的水和渺小的人，这些人来来回回地穿梭在美好的烟雾或是薄雾中。"下面的人在那都干些什么呢，像群蚂蚁似的？"玛丽恩转头看过去，"很多人都是漫无目的。当然，他们也许正发挥着某种必要的作用，但是他们自己对此作用也一无所知。"艾尔玛根本无心听玛丽恩的演讲。接下来她们没有谈论那些蚂蚁般的人以及他们在做什么了。但是艾尔玛不一会儿注意到，一阵相当古怪的声音从平地处传来，就像是遥远处的击鼓声。

米兰达是第一个看到，前面出现了一块巨石，这是一块露出地面的麻点石，就像是放在平原一块陡坡之上的巨大鸡蛋。玛丽恩立即拿出了铅笔和笔记本，把它们扔进蕨类植物中，打着哈欠。突然，一股强大的困意侵袭了四个女孩，她们全都倒在巨石阴影下那块稍有倾斜的岩石上，开始熟睡，一只从石缝中爬出的角蜥，毫无畏惧地躺在玛丽恩张开的手臂旁。

米兰达醒来时，一群长相怪异、套着古铜色盔甲的甲壳虫，正悠闲地爬过她的脚踝，她看着它们仓皇逃到稀松树皮的保护下。在这暗淡的黄昏，每个细节很突出，轮廓分明且相互独立。一棵矮树的枝杈中有一个巨大又凌乱的鸟巢，那些孜孜不倦的小鸟，用它们的嘴和爪把鸟巢中每根小枝和羽毛都复杂地交织在一起。只要你能仔细观察，一切都美丽而又完整——包括这凌乱的鸟巢，玛丽恩的棉布裙子已经被撕裂了，有一道道裂纹，如同鹦鹉螺的壳，艾尔玛的长卷发，挂在脸庞，犹如精致的金边装饰物，装饰着她的脸庞——即使是伊迪斯，在睡梦中也是心情愉悦并且天真娇弱。伊迪斯醒了，抽泣并揉了揉通红的眼睛，说："我在哪呀？哦，米兰达，我觉得好可怕！"其他几个女孩现在也完全清醒了，站了起来。"米兰达，"伊迪

斯又说:"我觉得非常可怕!我们什么时候回家?"米兰达非常
奇怪地看着她,好像她没有看到伊迪斯似的。当伊迪斯再次更
大声地重复这个问题时,米兰达只是转过身,朝着高处走去,
另外两个女孩紧跟其后。唉,几乎不是行走——她们光着脚在
石头上滑动,伊迪斯觉得就像是踩在客厅的地毯上,而不是在
那些讨厌的旧石头上。"米兰达,"她再次叫道,"米兰达!"
在这令人窒息的寂静中,她的声音听起来似乎是别人的声音,
这个声音从远方传来,刺耳且沙哑,在石壁间渐渐减弱。"回
来,你们都回来!不要走上去——快回来!"伊迪斯觉得自己
透不过气来,因此撕扯自己带褶边的花边领。"米兰达!"这短
促的叫喊声发出时,却变成了微弱的耳语。她害怕的是,其他
三个女孩都迅速地脱离了她的视线,走到了巨石后面。"米兰
达!快回来!"她摇摇晃晃地往上走了几步,看到一个白色袖
套挂在了前面的丛林上。

"米兰达……!"没有任何回应的声音。可怕的寂静向她
逼近,伊迪斯现在开始更大声地叫喊。除了不远处蹲在欧洲蕨
丛中的袋鼠,如果有任何人听到她恐惧的哭声,那么这次在海
茵岩的野餐,将会和其他夏日野餐一样寻常。没有人听到她们
的声音。就在伊迪斯转过身时,袋鼠们惊慌地窜出、跑跳地离
开,盲目地跳进矮树丛中逃跑,伊迪斯则一边尖叫一边踉跄地
跑向平地。

第四章

在野餐那天的下午四点钟左右，阿普尔亚德太太睡在客厅的沙发上，醒了。这是一次奢侈的小憩，她还做了个梦，像往常一样，她梦见了她已故的丈夫。这一次，他们沿着伯恩茅斯码头散步。那儿，几条休闲游船和渔船拴在一起。"亲爱的，我们去乘船吧。"亚瑟说。垫着旧式方形床垫的四柱床在波涛上此起彼伏。"我们游过去。"亚瑟说道，接着拉着她的手臂就跳进了海中。令她惊奇且愉快的是，她游得非常漂亮，像鱼儿一样拨水，用不着手臂和腿。他们刚游到四柱床边，准备爬上去的时候，窗下怀特海的除草机的声音，打破了她的美梦。如果亚瑟在世的话，他们在阿普尔亚德女子学院会过着锦衣玉食的生活，那是多么快乐啊。她沾沾自喜地记得，他经常夸她是理财高手。现在学校已经收入可观了……几分钟后，她的心情还是很好，她决定在这个舒适的下午表现得和蔼可亲。她来到了教室门前。"喂，萨拉，希望你已经能背那首诗了，这样，剩下的时间你就可以去花园里休息。明妮会给你送些茶和蛋糕。"

这个瘦弱、眼睛大大的女孩看见校长过来了,就主动站起来。她穿着黑色丝袜,两条细长的腿很不自在地动来动去。"还有?回答我的问题时请站直,把胸挺起来。你的背弯得太厉害了。那么,诗能背了吗?"

"没用的,阿普尔亚德太太。我领会不了它们的意思。"

"你说'没用的'是什么意思?你可是一个人带着课本从吃午饭起就在这里了?"

"我已经尽力了,"小孩说,边说手边移到了眼睛前面,"但是诗太傻了。我的意思是,如果这些诗有点道理,我可能会学得好些。"

"道理?你这个无知的人!显然你不了解费利西亚·赫曼斯,她是英国最好的诗人之一。"

萨拉很不高兴,她不相信赫曼斯太太的诗歌天赋。真是个顽固可怜的小孩。"我记住了另外一首诗。这首诗很有韵味。比《赫斯珀鲁斯的残骸》这首诗有韵味多了。这样行吗?"

"嗯……那首诗叫什么名字?"

"《圣瓦伦丁颂》。"这会儿,她那小尖脸变得明朗,看起来很漂亮。

"我对这首诗不熟悉,"女校长谨慎地说,(在她这个位置上的人再小心也不为过,很多的经典语录都来自丁尼生和莎士比亚。)"你从哪里找到的,萨拉——这首,哦,颂?"

"不是找到的,是我写的。"

"你写的？不，我希望不要听到这样的话，谢谢。虽然有点奇怪，我更希望是赫曼斯太太写的。把你的书给我，继续背，能背了再来找我。"

"告诉你，即使我在这里坐一个星期，也背不了那首愚蠢的诗。"

"这样的话那你要花更长的时间。"校长边说边把课本交给她，表面上看来，她很平静也很通情达理，事实上，她厌倦了这个闷闷不乐且守口如瓶的小孩。"我要走了，萨拉，希望我吩咐拉姆利的这半个小时里，你能够完整地背出来。不然的话，你就要上床去，而不是坐在这里等野餐的同学回来一起吃晚饭。"教室的门关了，钥匙在锁孔里转动，门被反锁了，憎恨感笼罩了整间教室。

教室外面，姹紫嫣红的花园里，火红火红的大丽花在午后阳光的照耀下，似乎在熊熊燃烧。在海茵岩上，波蒂尔斯小姐和米兰达可能在树荫下喝茶闲谈……萨拉头枕在墨迹斑斑的课桌上，突然很生气地哭了起来。"我讨厌她……我讨厌她……哦，伯蒂、伯蒂，你在哪里？耶稣，你在哪里？如果像《圣经》里说的那样，你正在看着麻雀落下①，你为什么不下来把我带走？米兰达说过即使有些人很邪恶，我也不能够恨别人。但是我忍不住，亲爱的米兰达……我恨她！我恨她！"桌子与

---

① 出自《圣经·马太福音》第 10 章第 29 节至 31 节，耶稣说：两个麻雀，不是卖一分吗？若是你们的父不许，一个也不能掉在地上。就是你们的头发，也都被数过了。所以不要惧怕。你们比许多麻雀还贵重。

地板刮擦发出一阵声响，仿佛赫曼斯太太也朝着锁着的门的方向飞奔过去。

橙红的落日光芒，洒在学校的尖塔旁。阿普尔亚德太太已经在书房里，吃完了餐盘中装得满满的食物——白切鸡、斯蒂尔顿奶酪、巧克力奶油。在学校里，吃饭绝对是一件极其享受的事情。萨拉被送到了床上，盘子里有冷牛肉，还有一杯牛奶，萨拉已经没有流泪了，她也不后悔。厨房里，灯光下，厨师和两个女佣正在擦洗过的木制桌子上打牌。他们都戴好帽子、系好围裙准备迎接快要野餐归来的学生们。

夜色渐浓。高大的房子几乎空荡荡的，这一次显得特别安静，到处都是影子。明妮点上了雪松楼梯上的灯，在那儿，维纳斯的那只手臂巧妙地放在用大理石做的肚子上，透过楼梯平台的窗户，注视着昏暗草坪上方以她名字命名的屋顶悬饰物。现在是八点过几分。阿普尔亚德太太在她的房间玩蜘蛛纸牌游戏，一只耳朵竖起来，听砾石车道的马车声，打算要赫西来她办公室喝杯白兰地……上次学校在本迪戈大主教仪式后，瓶子里的酒还剩很多。

凭这么多年的经验来看，赫西先生一向都很准时，也很可靠。挂在楼梯上的老爷钟显示已经八点半了。阿普尔亚德太太从牌桌前站了起来，拉了拉她私人铃铛上的天鹅绒绳子，这个响声对厨房里的人来说是很有威望的。明妮马上就有了回应，脸红通通的。女佣敬而远之地站在门旁，阿普尔亚德太太注意到了她那顶戴歪了的帽子，非常不满意。"汤姆去哪了，明妮？"

"我不知道，校长，我问问厨师。"明妮说，一个小时前她看见过她敬仰的汤姆，那会儿他在阁楼小屋里，躺在带脚轮的矮床上伸懒腰。

"那，如果你能够找到他，让他马上过来。"

阿普尔亚德太太平常是很鄙视在纸牌中作弊，今天故意给自己发了一张红心骑士①，玩了几回合蜘蛛纸牌游戏后，她向走廊前的砾石道走去，在砾石道上，铁链上拴着一个摇摆的煤油提灯。在昏暗无云、蓝色天空的衬托下，学校的石板屋顶像银子一样闪闪发光。在楼上的一间屋子里，孤独的灯光在紧闭的窗帘旁燃烧着，拉姆利下班了，正在床上阅读。

储备物和白天阳光普照的喇叭花的味道散发在无风的空气中。至少，夜晚是美好的，赫西先生一向是声誉良好的马夫。校长也希望找到年轻的汤姆，只想确认一下，以爱尔兰人的常识来看，马车迟一个小时没什么好担心的。她回到房间立即起身把她的金表和大厅里的钟对了一下，又开始玩另一轮蜘蛛纸牌游戏。当指针指着九点半时，她再次传唤了明妮，明妮告诉她汤姆正在马车房洗热水澡，他现在肯定在那里。就这样又过去了十分钟。

最后，终于听到了公路上的马蹄声，可能是半里外……现在他们正在越过阴沟……她可以看见灯光在漆黑的树旁移动。

---

① 这里是指红桃 K。

车辆集聚在一起时，一阵酒醉声加速传到了平整的道路上，快速穿过了学校的大门——一群疯狂的狂欢者从伍登德回来了。就在这时，汤姆穿了一双绒拖鞋、一件干净的衬衫，站在敞开的门旁，当然，他也听到了这个声音。在阿普尔亚德太太能够触及的人中，如果还有她喜欢的人的话，那肯定是神情快活的汤姆。不管你要他做什么，无论是清空猪食桶，为女仆吹口琴或者是带美术老师去伍登德，对汤姆来说都一样。"嗯，校长？您找我吗，明妮说的？"

阿普尔亚德太太站在走廊上，她那布满皱纹的脸在没有灯罩的灯光下呈现出油脂色。"汤姆，"阿普尔亚德太太说，仔细地盯着他的脸看，就好像要用她锐利的眼光在他的脸上拧出一个答案，"你有没有发现赫西先生迟到很久了？"

"真的吗，校长？"

"他早上信誓旦旦地向我承诺过一定会在八点钟赶回来。现在已经到了十点半。你觉得从海茵岩回来要多久？"

"这个，从那里还是很远的……"

"请认真想一想。你对这段路程还是很熟悉的。"

"差不多三个小时到三个半小时。"

"确实，赫西先生本应该四点左右离开野餐空地，正好喝完下午茶。"校长一向在学校训练有素的声音顿时变得沙哑，"不要站在那里像个傻子一样瞪眼看着我！你觉得发生了什么呢？"

汤姆欢快的爱尔兰语调，除了他的明妮之外，还打动过许多女性的心。现在汤姆站在一旁，就能给人安慰。如果这张心烦意乱的脸足够诱人，他可能会鼓起勇气快速地吻她松弛的脸颊。但是他不想他那擦洗得很干净的鼻子触碰到她的脸。"你不要担心，女士。赫西驾驶的是五匹马牵着的马车，他可是本迪戈最好的马夫。"

"你认为我不知道这些吗？问题在于——他们是不是出了什么事了？"

"出了什么事，校长？那，此刻，我从来没有想过，这样一个美好的夜晚，而且所有……"

"你简直比我想象的还蠢！我不了解马，但是至少我知道它们有可能会脱缰。你在听我说话吗，汤姆？马可能会脱缰。看在上帝的分上，说点什么吧！"在厨房里，汤姆可以故意拖延甚至可以连哄带骗。但是在这儿，门廊前，女校长站在他前面，墙上高大的黑影子比他的身体大一倍……"感觉她准备要吃了我一样，但该死的是，我有预感这个可怜家伙说的是对的。"后来他对明妮说。他鼓起勇气，把手放在灰色如丝绸般光滑的手腕上，那个手腕上戴着一只重重的手镯，手镯上面挂着一个血红色的心形吊坠。"如果你愿意进来坐一会儿，明妮会给你倒一杯茶……"

"听！那是什么？感谢上帝，现在我能听见他们的声音了！"

最后，真相是：公路上的马蹄，两只前进的灯，上帝保佑，有刮痕的车轮随马车慢慢地停在了学校门前。"吁吁，赛

46

勒……女公爵就在那里……"赫西先生用无法察觉的沙哑声对他的马叫道。学生们零零散散地从马车上一个一个下来，来到马车灯照射的砾石车道上。有些人在哭，有些人昏昏欲睡。她们都没有戴帽子，一团混乱，语无伦次。汤姆一听到马车声时就跑向车道，把这位颐指气使、强忍住自己手脚颤抖的女校长留在了走廊上。第一个跌跌撞撞地走上昏暗的石阶，跑过去的是波蒂尔斯小姐，在灯光下，她显得是那样的苍白无力。

"波蒂尔斯小姐！这一切是怎么回事？"

"阿普尔亚德太太——发生了很恐怖的事。"

"出事了？快说！我要知道真相。"

"太可怕了……我不知道从何说起。"

"冷静点。歇斯底里不会给我们带来任何好处……麦克劳小姐到底去哪里了？"

"我们把她丢了……在悬岩。"

"把她丢了？难道麦克劳小姐发疯了吗？"

赫西先生挤着穿过哭哭啼啼的女孩们。"阿普尔亚德太太，我可以单独和你谈谈吗？……我觉得这个波蒂尔斯小姐快要晕倒了。"他说对了，波蒂尔斯小姐今天一天，在高压下，已经精疲力竭，昏倒在大厅的地毯上了。明妮和厨师已经脱下帽子和围裙睡了好一会儿了，他们现在从宿舍出来，跑着穿过楼梯下的粗呢门。拉姆利小姐穿着紫色的睡袍，拿着纸筒上点着的蜡烛，下了楼。他们为波蒂尔斯小姐准备了嗅盐，还有白兰地，汤姆把她扶到房间。"哦，真糟糕，"厨师说，"她们看起来疲惫不堪——野餐上究竟发生了什么？快，明妮，不要问校长了，我们给她们一些热汤。"

"拉姆利小姐……快带这些女孩去睡觉。明妮会帮你的……现在，赫西先生。"阿普尔亚德太太起居室的门被狠狠地关上了。"校长，在我说之前，可不可以喝一点烈酒。"

"可以——我知道你很疲惫了……那就这样，以最简洁最平白的方式告诉我发生了什么。"

"上帝，校长，要是我告诉你……你是知道的，很糟糕……谁都不知道发生了什么。三个年轻学生和麦克劳小姐在悬岩上不见了。"

以下摘自本·赫西在二月十五日星期天，在警察局给伍登德巡警巴姆菲尔的口供。

我和麦克劳小姐的表在驾车的时候就停了，我和另外两位老师意识到没有人知道确切时间后，我们都同意在野餐活动处吃完午餐后的适当时间回去，因为阿普尔亚德太太希望我们八点之前赶回去。在我给马装好马具后，波蒂尔斯小姐说，我们应该喝点茶吃点蛋糕再走，因为回去的路很长。根据影子在岩石上的移动的情况，我判断那时候是三点半左右。

我的铁罐茶一烧开，就告诉两位老师茶好了。年长一点的老师不在那儿。我最后看到她时，她在树下看书。实际上，自从那次看到她，就再也没有看到过她了。波蒂尔斯小姐看起来非常不安，问我是否看到麦克劳小姐在野餐空地周围散步，但是我没有看到。她告诉我："没有一个学生看到她去哪里了。我真没想到她不准时回来——麦克劳小姐可是非常准时的人。"我问她是不是剩下所有的人都在这里准备回去了。她告诉我："除了四个人，其余的都在。我同意她们四个去小溪边走走，这样可以近距离观察海茵岩。除了伊迪斯·霍顿，其他三个都是高年级的学生，也很可靠。"这三个失踪的女孩来的时候坐在我的驾驶位旁边。我知道她们。她们是米兰达小姐（我从来没有听见过她的姓）、艾尔玛·利奥波德小姐和玛丽恩·奎德小姐。

那时候我没有太过担心，只是有点担心出发的时间推迟了。我知道乡村有些地方是很漂亮的，过了一会儿，就让其他的女孩结伴在小溪附近的平地去找她们，女孩们在附近到处喊她们的名字。大概一小时后，伊迪斯·霍顿从岩石西南方的矮树丛跑过来了，边哭边笑，衣服已经成了碎片。我想她可能发出过一阵歇斯底里的呐喊。她说她把其他的三个人丢在了"那儿的某个地方"，手指着岩石，但是看起来也不知道具体指哪个方向。我们反复问她，让她仔细想想她们到底在哪个方向，但是都没用。我们从她那里所得知的只是她已经备受惊吓，一路下坡跑回来的。幸运的是，我总是随身携带一点紧急用的白兰地。我们给她喝了点，给她裹上我驾车的外套，罗莎蒙德小姐（一个高年级的女孩）把衣服脱了给她，让她平躺在马车里，我们继续寻找。我把所有的女孩叫回来点了点数，这次，我们走得更远了一点——就在岩石的南面高地上，尝试着找到伊迪斯·霍顿走的路线，但是在石头地上，轨迹无影无踪。除非是用放大镜，不然不可能发现一些脚印。除了几码的地方，伊迪斯出来到开阔的平地上向小溪边的野餐空地处跑的一点痕迹外，灌木丛都好好的。为了有个更好的参考，我们用枯枝给开始的树做了记号。同时，另外两个高年级的女孩沿着小溪打算去问另外在开野餐派对的人，他们在我们来之前就到了这里，也许是午餐前，但是他们的火已经熄灭，离开了——可能就在我照看马的时候。四个人和一辆四轮轻便马车。我想马车可能是菲茨赫伯特上校的，但是却从没有看见他们说话。有几个女孩说她们看见马车在下午早些时候就离开了，而且旁边还有一位年轻的小伙子骑着白色的阿拉伯小马。我们大概找了几个小时。我不相信三个或者四个有理智的人竟然就这样转眼间消失了，而且是在这样一个小小的范围内，没有留下一点踪迹。至今我还像昨天下午一样感觉很奇怪。

就连最底层的岩石都极其危险，更不用说还是一群毫无经验还穿着夏天长裙的女孩们，我怕她们离开了我的视线，在一些小洞穴或是悬崖处迷路。据我所知，只有一条杂草丛生的小路通往顶峰，我仔细看了起点的地方，她们应该没有走这条路。灌木丛里没有迹象，没有脚印，等等，这里也没有，其他的地方也没有。

时间一分一秒地过去了，天也变暗了——我们无法知道时间，只有根据夕阳——我们在小溪旁边点了一些火把，这样她们能够在岩石的一边从各个角度看到我们。我们也尽最大努力一起大声呐喊。我拿出两个铁罐用铁撬棍敲打，我经常把铁撬

50

棍放在马车上以防发生紧急事件。

这时，我和波蒂尔斯小姐绞尽脑汁也不知道，到底是带着这个坏消息返回伍登德还是继续找下去。我们马车上只剩下两盏油灯了，而且我的马车灯一次只能够亮几码路。如果失踪的人还在岩石附近，正如我开始怀疑的那样，没有火，她们在黑暗中肯定有危险，除非她们坐在一个窑洞里不动直到天亮。波蒂尔斯小姐和一些女学生已经开始抓狂了，这也不足为奇。午餐后，除了喝点茶之外，谁也没有吃什么了。我们太焦急了，不知道怎么办才好。我们喝了一点柠檬水，吃了一点饼干，我决定那晚不找了，回学校去。

我不知道我做得对不对，但是做这个决定我要承担全部责任。我对这三个失踪的女孩很熟悉。我猜想她们是不是出了什么事情，但是那看起来不可能。米兰达小姐对丛林很熟悉，她会保持清醒的头脑，找到安全的地方过夜。对于老师，我希望她不是一个人。数学知识在丛林中派不上用场。

在给伍登德警察局打电话后，回来的路上，简单地告诉值班警察在海茵岩上发生了什么后，我们立马就驾车回阿普尔亚德学院了。我忘记提到我仔细检查过野餐空地和小溪中间的厕所（男厕所女厕所），最近都没有使用过的痕迹。

第五章

　　对阿普尔亚德学院的人们来说，二月十五日，星期日真是噩梦：一半是梦，一半是现实；人们的情绪摇摆不定，一会儿是疯狂飙升的希望，一会儿又是希望石沉海底的恐惧。

　　女校长一整夜盯着卧室的墙壁，等待着漫漫长夜过去，新的一天终于来临。平日里的这个时候，她已经做好准备，但今天没有盘着与之不相称的高卷式头发。今早，她关注的第一件事情是确保昨天发生的事情没有被散播到校外。往常，三辆马车都会带寄宿生和教师们去各种教堂。昨晚，在赫西先生告辞之前，就已经取消去教堂了。阿普尔亚德太太认为，美好的星期日早晨，教堂是滋生绯闻的温床。谢天谢地，本·赫西是一位明白事理的人，很可靠，也守得住秘密，除了秘密地向当地警察报告外，他什么也没有说。在阿普尔亚德学院，除非另有通知，否则绝对沉默就是校规。完全可以推断，在经历了昨晚的折磨后，有一点力气还可以交流的老师和学生们都很守规矩，现在至少有一半去野餐的人，受到了惊吓，而且疲惫不堪，都关在房间里。但是，我们会有个疑惑，汤姆和明妮，他们是天生的大嘴巴，厨师可能也是，每周礼拜天的下午都会有一些私人访客，他们不太谨慎，多拉·拉姆利小姐已经在后门口和周日送奶油的汤米·康普顿窃窃私语了。早餐后不久，学校请的伍登德的麦肯齐医生就驾着马车来了，他是一位全科老医生，医术了得，他老到地扫了一眼目前的状况后，给波蒂尔斯小姐开了一些营养食物和温和的镇静剂，并且开了周一需要休息的假。波蒂尔斯小姐因为偏头痛而只能关在房里。老医生轻轻拍了拍在床上的小手，向发烧的额头上洒了几滴古龙水，静静地观察着。"顺便说一下，亲爱的姑娘，我希望你不要多想，不要因这件不幸的事而以任何方式责怪自己。事情可能会变好的，最后可能只是虚惊一场。"

"上帝啊，医生——我祈祷你说的是真的。"

"没有人，能够经受得起命运的恶作剧。"老医生说。

伊迪斯·霍顿这一生中，头一回成为女主角。麦肯齐医生说，她的身体状况良好，主要是得益于她长时间的尖叫——对于她这个年纪的女孩子，自然之源是歇斯底里的尖叫。但医生感到有点疑惑，为什么她独自从岩石上惊恐地跑回来后什么都不记得了？伊迪斯喜欢麦肯齐医生——谁不喜欢呢？——她用她仅有的那点智慧，努力配合他。在驾车回去的路上，他想有可能岩石砸到了小孩的头，砸成了轻微的脑震荡——在那个崎岖的山区，这是很有可能发生的。

这个周日，阿普尔亚德太太大部分时间都是一个人待在书房里，后来她和伍登德的巴姆菲尔警官谈论了一会儿，他带了一个算不上聪明的警察过来，目的是想对那些相对来说不是很重要的事情做些记录，巴姆菲尔警官想在周日晚上之前满意地查清这些不重要的事。城里人在高大的树木中永远地走丢了，让基督徒在周日的早上就起床寻找她们。但是，三个学生和一个老师的失踪看来不太寻常，也没有什么线索。除了本·赫西讲的那个故事外，他也只是把事情的经过说一遍，而且人们已经知道并核实了。巴姆菲尔警官叫了两个星期六在海茵岩上野餐的年轻男人提供更多的信息。到目前为止，他们俩是最后见到这三个女孩越过小溪的人，如果周一还没有找到失踪的人，他们的信息就非常重要。如果方便的话，巴姆菲尔今天早上想找的人就是伊迪斯·霍顿，在她惊恐地返回午餐空地之前，她确确实实和三个失踪的女孩在一起，可能和她们待了好几个小时。于是，伊迪斯两眼通红，穿着睡袍，外面披了件羊绒衣服，被带到了校长的书房，但是她只是结结巴巴地说了一些完全无用的信息。不管是警官还是校长，他们都问不出什么有用的信息来，问出来的要么是一两声抽泣要么是不愿搭理的否定回答。可能这个年轻点的警察能够问出个一二，但是他没机会和伊迪斯说话，伊迪斯已经被护送回去睡觉了。"这没关系，"巴姆菲尔接过一杯加水的白兰地说，"女士，就我个人来看，几小时之内，这件事情就会理清。如果偏离了平时走的大路，你都不知道有多少人会迷路。"

"我希望，巴姆菲尔先生，"阿普尔亚德太太说，"我希望你说得没错。我的女学生代表，米兰达出生在丛林中……至于老师，麦克劳小姐……"

没有人知道午饭后麦克劳小姐去哪里了，这已成了事实。虽然不知道是什么原因，但她肯定是突然决定从正在看书的树底下起身，跟着向岩石走去的四个女孩。"除非，"警官说，"这位小姐自己有个人安排？去见一位朋友或者几个朋友，比如，校外的朋友？"

"绝对不可能。据我所知，就来学校工作的这么多年的情况来看，格丽塔·麦克劳小姐在这边，既没有一个朋友，也没有一个熟人。"

在她坐着看书的地方，一个高年级的女孩罗莎蒙德发现了她的书和羔皮手套。阿普尔亚德太太和警官都认为数学女教师，正如巴姆菲尔所说的"不管对数字有多么在行"，也会像其他人一样愚蠢地迷路，这是个委婉的说法。有人说，就连阿基米德，在思考高深的问题时都会转错弯。年轻的警察带着沉重的呼吸舔了舔铅笔，记下了这些。（后来，也问了坐车去野餐的乘客一些简短问题，又叫了一些证人，包括波蒂尔斯小姐，她们说了麦克劳小姐说的三角形理论和最短的路程，以及向马夫建议走不切实际的最短路程。）

当地的警察展开了调查，继续在野餐空地和海茵岩可能攀爬过的地方仔细搜查。最令人困惑的一点，前面赫西先生已经提到过了，除了一些被压倒的欧洲蕨以及岩石东部低坡处刮擦的灌木叶子外，没有一点蛛丝马迹。星期一，这个谜团还没有解开。他们从吉普斯兰带来了一个土著向导，在菲茨赫伯特上校的建议下，也带来了一条警犬。为了他们工作需要，拉姆利小姐已经把失踪的人的某些衣服贴上了标签，应警察的要求送到了警察局。很多当地人，包括迈克尔·菲茨赫伯特和艾尔伯特·克伦多尔，他们坚持让警察仔细搜寻附近的灌木丛。和城市里一样，消息在澳大利亚丛林里也传得飞快。礼拜天的时候，海茵岩方圆五十里的人几乎都知道了周六发生的神秘失踪事件。吃晚饭的时候，大家都在谈论这个事情。通常情况下，对于人类十分感兴趣的事情，那些既无法获得第一手消息也打探不到任何消息，甚至什么都不知道的人，反而成了最能强有力地发表自己看法的人。众所周知，这些看法，很可能一夜之间成为既定的事实。

如果说礼拜天也就是十五日对学校来说是一场噩梦，那么，接下来的星期一，如果要说有什么不同的话，那就是，十六日更加糟糕；早上六点钟，大厅里的门铃就响了，一家墨尔本报社的年轻记者骑着轮胎扁平的自行车过来了，在厨房做早餐的厨师打发他回去了。他一无所获，没有给墨尔本报社带回一丁点消息。这位不幸的年轻人是第一个不受待见的拜访者，接下来陆续来了很多这样的人。巨大的雪松门很少用，除非是有什么重大的场合。由于访客很多，从早到晚，这个门一直开开关关。这些访客，有些人是出于好意，其他的纯粹只是打听信息，包括几只公的和母的鬣狗，它们闻到血腥味和丑闻，公然地被牵过来了。但是学校没有让任何人进入。就连马其顿的助理牧师和他友好的妻子都很尴尬，他们很真诚地希望能在困难的时候帮帮忙，但也像其他人一样，看到门廊上写的"无人"而被打发走了。

午餐准点提供，但是只有几个平常狼吞虎咽的年轻女孩坐在午餐桌前，她们也只不过是心不在焉地吃着烤羊肉和苹果馅饼。高年级的同学集中在一起，窃窃私语。伊迪斯和布兰奇对她们嗤之以鼻，她们懒散地挽着手臂，第一次没被纠正；新西兰姐妹一直在刺绣，嘴里喃喃低语地说那次记忆深刻的地震和其他的恐怖事情。萨拉·维伯恩周六躺在床上整夜没睡，她要等米兰达野餐回来，像往常一样，不管有多晚，亲吻她说晚安，她才肯睡。她像幽灵一样从这个房间飘到那个房间，直到拉姆利小姐出来想在茶点之前给亚麻布镶边，她的头像是被重锤击中一般。拉姆利小姐和几个初级裁缝在没有被校长传唤或者做些琐碎的事情的时候，几个人就相互抱怨，一起被"别人利用"，这个熟悉的短语包括了所有掌权的人——从校长到老师。关于描写在海茵岩的那篇文章，周日时都还用粉笔写在黑板上，作为英国文学的一次主要作业，到了二月十六日上午十一点三十分，这件事再也没有被提起了。最后，太阳从泛光的大丽花床上慢慢落下，绣球花在黄昏里像蓝宝石一样闪闪发光；楼梯上的雕像托着苍白色的灯，灯光洒在温暖的蓝色夜里。第二天就这样阴沉地过去了。

十七日，星期二的早晨，两个年轻男孩，他们是星期六下午最后看到那几个失踪女孩的人，艾尔伯特·克伦多尔在伍登德警局、迈克尔在湖景区他叔叔的书房里，各自向当地的警察局录了口供。他们承认这四个女孩跨过水池旁的小溪，径直走向海茵岩的缓坡处，但是后来她们去了哪儿，他们完全不知道。迈克尔支支吾吾地说着，低着头，就感觉好像艾尔伯特从马纳萨斯的商店飞奔回来，带来了女孩失踪的消息那个星期天早晨起，他就渐渐从脑海中淡忘了这件事。巴姆菲尔警官坐在上校的写字台边，迈克尔僵硬地坐在他对面的一个高背椅上。

在完成一些平常的手续后，"我认为，先生，"警官说，"为了了解整件事情，我们最好先问些问题，然后看看你有什么要说的。"年轻的菲茨赫伯特先生有点害羞，他迷人的笑容和英式的良好教养看起来显然不爱交谈。"既然这样，你什么时候看到女孩们跨过小溪的，你认识她们其中的人吗？"

"我怎么认识她们呢？我在澳大利亚大概只待了三周的时间，我也从来没有遇到过任何年轻的女孩。"

"我知道。你和她们其中的任何女孩交谈过吗——不管是她们跨过小溪到达对面岸上之前还是之后？"

"当然没有！我已经告诉过你，警官，我见都没有见过她们。"面对这样一个狡诈的回答，警官勉强地笑了一下，自己心里想着："天哪，长着这样的脸，而且这么有钱，竟然不认识女孩？"他问："艾尔伯特呢？他和那些女孩说过话吗？"

"没有。只是对着她们吹口哨。"

"那这时候你的叔叔和婶婶在干什么呢？"

"我所能记起的就是他们都在打盹。我们午餐的时候喝了点香槟，应该就是因为这样所以他们才觉得很困。"

"你喝了香槟后的反应是什么？"警官问，把铅笔举到空中。

"我所知道的是没有什么反应。我一次不会喝太多，即使我喝的话在家也是喝葡萄酒。"

"这样的话，你看到她们跨过小溪的时候，你的头脑很清醒，坐在树下看书。假设你现在还在那儿，尝试着回忆一下所有的小细节——即便是很不起眼的细节。当然，你明白这完全是你的主动陈述？"

"我看见她们跨过小溪……"他想说什么但又吞了回去，接着又继续以几乎听不到的嗓音说，"她们跨过小溪的方式都不同。"

"请说出来。你说的不同是什么意思？绳索？撑杆？"

"不不！我的意思是说有的人更敏捷，有的人更优雅。"

但是，此刻，巴姆菲尔不关心什么优雅。年轻的男人继续说："总之，在我听不到声音的时候，我就起身去找艾尔伯特说话了，他在小溪里洗杯子。我们交谈了一小会儿——哦，大概十分钟，我说我要在回去之前散散步。"

"那时候是什么时间？"

"那时候我没有看手表，但是我知道叔叔想四点钟之前离开这里。我开始向海茵岩走去。那会儿我开始走上坡路，那里有些欧洲蕨和灌木，这时，已经看不见那几个女孩了。我记得我还思考了一下，对于这些穿着夏天裙子的女孩们来说，穿过浓密的树丛有点困难。我料到她们会马上下来。我在一棵倒下的树上坐了几分钟。当艾尔伯特叫我时，我立刻回到小溪旁，骑上阿拉伯小马，回去了。我几乎都是走在我叔叔的马车旁。其他的事情我想不起来了。这些有用吗？"

"很好，谢谢你，菲茨赫伯特先生。后面我们可能还会叫你帮忙。"迈克尔内心在抱怨。这个简短的问询就像是模仿牙科医生的牙钻，钻到敏感的牙腔中。"在我们记下你所说的之前，我还有一个地方想确认。"警官说，"你提到说看到了三个女孩跨过了小溪。是这样的吗？"

"对不起，当然，你说得对，有四个女孩。"

巴姆菲尔警官的铅笔再一次在空中停悬了一下。"你觉得是什么让你忘记了有四个女孩？"

"因为我忘记了那个胖胖的小女孩，我想。"

"你是近距离看到另外三个女孩的，是吗？"

"不，不是的。"（上帝保佑我，我说的是实话。我只看着她。）

"我想你应该记得，是否有一位年纪较大的女士和她们在一起。"

迈克尔看起来有点生气了，说："我当然记得。没有其他人了，只有四个女孩。"

同时，在伍登德警察局，艾尔伯特在向吉姆·格兰特录口供。吉姆·格兰特是一位年轻的警察，星期日早上，他和巴姆菲尔警官一起去过阿普尔亚德学院。不像迈克尔，艾尔伯特清楚地知道即使是最清白的言辞，警察也会一波三折地问上好几次。他很快乐，经过周日的斗鸡赛，他已经正式认识年轻的格兰特了。

"我已经告诉你了，吉姆，"他说，"我只看到过那些女孩一次。"

"麻烦你在我执行公务的时候不要叫我吉姆，"格兰特说道，他已经愤怒得全身冒汗了，"在警察局这样很不好。那么，你看到多少个女孩跨过小溪？""行，臭格兰特先生。四个。"

"也没有必要咒骂。我只是在执行公务。"

"我想你应该知道，"马车夫说，拿出了一小袋糖果，招摇地把一颗糖吸进嘴中，"我给警察提供信息完全免费，什么都得不到。我只是好心帮助你们，不要忘了，格兰特先生。"

吉姆拒绝了他友好赠送的糖果，继续说："在菲茨赫伯特先生开始走向岩石后你在做什么？"

"上校醒了，开始叫喊，说应该回去了，我跟在迈克尔后面，见鬼，但是他好像没有在那个伐木上了，女孩们也不见了。"

"这个伐木离小溪有多远？"

"看，吉姆，你和我一样清楚。臭警察，还有其他人都知道确切的位置。上周六，我指给巴姆菲尔警官先生看了的。"

"行，我只是查明事实——继续。"

"不管怎样，迈克尔上了他叔叔让他骑的那匹阿拉伯小马，骑着它回湖景区了。"

"这小美人！我想说有些人真走运！哎，艾尔伯特，你是不可能得到这个小宝贝的。是谁的？借给我在吉斯本秀一秀？这方圆五十公里都没有哪个比那匹小马强。说真的，我不是想要这匹马（马鞍和马缰绳）……我只是想这个下午骑骑。上校知道我骑马技术不差。"

"如果你认为，我这么远从湖景区跑过来，就是为了讨一匹阿拉伯马让你骑……"艾尔伯特起身说，"没有其他的问题了吗？那我走了，回头见。"

"喂，等一下。还有一个问题，"吉姆走近他，叫道，"菲茨赫伯特先生骑上你说的那匹马后，他是和马车一起回家了？你一路上都看到他了吗？"

"我的眼睛没有时时刻刻关注着我脑后。有些路他骑在我们旁边，这样他就不会沾上马车走过时留下的灰尘，有些时候他在我们前面，这根据道路来的。我没有注意太多，只是我们同时到达了湖景区的前门。"

"你觉得那是什么时候？"

"应该是七点半左右。我记得厨师准备好的晚饭在烤箱里等我。"

"谢谢你，克伦多尔先生。"年轻的警察完成一些手续后合上了笔记本，"这次面谈将会全部记下来，待会给你看看，征得你的许可。你现在可以走了。"这个许可是多余的。艾尔伯特已经解开了拴在马路对面三叶草上紫红色矮脚马的缰绳。

连续三个早晨，澳大利亚人民吃早餐，连同培根和鸡蛋一起，都是狼吞虎咽。现在，媒体已经如实地知道了学院神奇事件中的诱人细节了。尽管还没有挖掘到更多的信息，也没有什么线索，自从那次周六晚上本·赫西报告说几个女孩还有一个老师失踪了后，再也没有什么新的消息了，但人们的胃口需要满足。为此，周三的迈克尔家族专栏照片秀就增加了一些调味剂，哈丁汉姆庄园（插入了姐妹们在阳台上和狗玩耍的场景），当然还有艾尔玛·利奥波德的美貌和她成年之后就可以继承几百万的消息。但是，巴姆菲尔警官对这些一点都不满意。在罗素街，他和他的朋友勒格侦探讨论后，决定再次尝试把伊迪斯·霍顿带到现场，然后从她身上问出一些信息。相应地，十八日，星期三早上八点钟，微风徐徐，又是美好的一天，巴姆菲尔警官已经带着值班的吉姆，坐上轻便的马车，到达了阿普尔亚德学院。他们此行的目的是驱车将伊迪斯·霍顿和波蒂尔斯小姐带到海茵岩的野餐处。

阿普尔亚德太太虽然觉得这个安排隐隐约约有点草率，但是也不好拒绝。巴姆菲尔警官说，警察在尽最大努力解开这个谜团，他和勒格侦探都认为，伊迪斯是一个重要的证人，应该让她再次感受一下真实的场面，以便唤起她的回忆。女校长考虑到伊迪斯有限的智力和顽固的脾气，再加上可能有一点轻微的脑震荡，认为这次去那里是浪费时间，她把这个想法告诉了巴姆菲尔警官，但是对此他直言不讳地表达了反对。尽管这样的方式很不讨人喜欢，但是巴姆菲尔警官工作时，绝不是傻瓜，他对一些不同的人在警察询问下的反应是相当有经验的。他告诉校长："我们努力让这个女孩回忆的话，有可能会使她变得比以前更蠢。我知道有些受到惊吓失去记忆的人，在回到事发现场后，成了有用的证人，他们也开口说话了。这次我们会努力，也放轻松点……"于是，巡警脑海中想着营造一个轻松的氛围，波蒂尔斯小姐坐在他的旁边，她戴着一个美丽的遮阳帽，整洁而美丽，他很享受，在伍登德的旅店换马时，巡警还为她叫了杯白兰地和汽水，为伊迪斯和年轻的吉姆叫了柠檬水。

现在，他们就在现场野餐空地上，情人节的那天下午，伊迪斯和三个女孩就是在这儿的小水池旁跨过了小溪。一直向前，阳光照射着海茵岩，森林中枝叶撒下了模糊的、激动人心的影子图形，"像蓝色的花边"。波蒂尔斯小姐想，觉得很奇怪，这么美的东西竟然是恶魔的工具……"那么，伊迪斯小姐！"警官开了个好头，一直面带微笑，而且带着父亲般的慈祥与耐心，"你说的那天从这里出发走向的是哪个方向？"

"我没有说。我以前就告诉你了，对我来说，桉树长得都一个样。"

"亲爱的伊迪斯，"波蒂尔斯小姐替警官说道，"也许你可以告诉警官那时候四个女孩聊了些什么……？我肯定她们一定在聊天，巴姆菲尔警官先生……"

"很对，"警官说，"就是这样。伊迪斯小姐，有人建议你们要走哪条路了吗？"

"玛丽恩·奎德在捉弄我……玛丽恩有时候很不讨人喜欢。她说这些尖峰有一百万年了。"

"这些尖峰。你们朝这些尖峰走的?"

"我想是。我的脚受伤了,我没有太在意。我不想继续往前走,想坐在一棵倒下的树上,但是其他的人不让。"

巴姆菲尔警官投了一个充满希望的目光给波蒂尔斯小姐。虽然这里散落了一些圆木和倒下的树干,但是至少一根倒下的树干是一条具体的线索。"既然你能够记住圆木,伊迪斯小姐,那也许你还可以想想其他的? 从这里看看四周,看看能不能认出其他一些东西。树桩、蕨类、奇形怪状的石头……?"

"不,"伊迪斯说,"这里没有。"

"哦,好,没事,"警官说,他决定午饭后再询问,"你想去哪里吃三明治呢,波蒂尔斯小姐?"

吉姆被派去马车里拿午餐,他们舒舒服服地坐在草坪上,伊迪斯突如其来地自告奋勇说:"巴姆菲尔警官先生! 我似乎还记得一件事。"

"很好,什么事情呢?"

"一朵云。一朵有趣的云。"

"一朵云? 很好! 只可惜,很不幸,云朵在天空中从一个地方移到另一个地方,你是知道的。"

"我完全知道,"伊迪斯立刻一本正经,变得像个大人似的说,"只有这朵云是一种令人讨厌的红色,我记得它是因为我向上看时,透过一些树枝看到了它……"她缓慢地啃了一大口火腿三明治……"就在我看到麦克劳小姐后看到的。"

没有人注意到巴姆菲尔警官的三明治掉到草坪上。"麦克劳小姐？好家伙！你从来没有告诉我们你看见过麦克劳小姐！吉姆，把笔记本拿来。伊迪斯小姐，我不知道你是否意识到，刚刚你对我讲的这些非常重要。"

"这也是我要告诉你的原因。"伊迪斯沾沾自喜地笑着说。

"你的老师是什么时候加入你和其他三个女孩的队伍的？请仔细地想想。"

"她不是我的老师。"伊迪斯说，又咬了一口三明治，"我的妈妈不想让我学高等数学。她说女孩就应该待在家里。"

不知为何，巴姆菲尔警官也露出了迷人的笑容。

"的确是这样。你的妈妈非常明智……现在，请继续讲麦克劳小姐。当你突然抬头看见她的时候是在哪里？就在旁边？还是很远的地方？"

"看起来是在很远的地方。"

"一百码，五十码？"

"我不知道，我不太擅长数学。我告诉过你，我只是在跑回小溪穿过树林的时候看见她在远处。"

"你正在往下跑，是吗？"

"当然。"

"麦克劳小姐在往上走，向相反的方向。是这样吗？"

他有点灰心，证人在支支吾吾，傻笑。"哦，天哪！她看起来真可笑。"

"为什么？"巴姆菲尔警官问，"把这个记下来，吉姆。为什么她看起来可笑？"

"我宁愿不说。"

"请告诉我们，伊迪斯，"波蒂尔斯小姐哄劝道，"你给巴姆菲尔警官先生提供了很有价值的帮助。"

"她的裙子。"伊迪斯说着把手帕的一角塞到了口中。

"她的裙子怎么了？"

伊迪斯又在傻笑。"在人群中大声说出来很无礼。"巴姆菲尔警官朝她探过身来，好像他敏锐的蓝眼睛可以在她的脑组织中钻个孔一样，"你不需要在意我。我的年龄可以当你的爸爸了！……就这样。"伊迪斯在波蒂尔斯小姐那专注的小粉红色耳朵边轻声说了些什么。"巡警，她说，麦克劳小姐没有穿裙子——只穿了条 pantalon①。"

"衬裤，"巡警指示年轻的吉姆，"既然这样，伊迪斯小姐。你确定，你通过树林时看到在远处向上跑的这个人真的是麦克劳小姐吗？"

"确定。"

"她没有穿衣服，你认出是她不是有点困难吗？"

"一点也不困难。没有一个老师是这种怪身材。有一次艾尔玛·利奥波德告诉我：'麦克劳小姐的体型就好像一块

① 法语，"女衬裤"的意思。

67

烙铁！'"

这是在二月十八日，星期三或者是后来的询问中，从伊迪斯·霍顿身上获取的最后、也是仅有的真实信息。

当警察的马车驶上公路，阿普尔亚德太太就毅然地坐在她的书桌前，并锁上了书房的门，这成了她的习惯。当她着手工作的时候，她笔直地坐着、沉默寡言、表面上很平静，她也渐渐地意识到外部传来的一些质疑的声音。这些声音来自一些狂热者、牧师、千里眼、记者、朋友、亲戚、父母，当然，父母的声音是最糟糕的。一些信中说，他们要带着专利磁铁来寻找失踪的女孩，并把回信的邮票都贴好了，她不能轻易地把这些信扔进垃圾篓里。一种强烈的常识告诉她，即使那些女儿野餐后平安回来了的父母，写信询问更多的信息或者确认一下，都是很合理的。这些信束缚着她，使她懊恼，让她一下子在办公桌前待几个小时。如果给一位过度紧张的妈妈写一些轻率的话语，那个妈妈这时候可能会激起一次谣言的热潮，无论用多少真相的冰水浇，也不能平息。

阿普尔亚德太太今天早上的任务就是做这件讨厌且极其危险的事情——写信通知米兰达、艾尔玛·利奥波德的父母，还有玛丽恩·奎德的法定监护人，她们三个女孩还有一个女教师在海茵岩失踪了。幸运的是——也可以说不幸的是——这三封信到达目的地肯定要推迟一段时间，收件人也看不到有关学院谜团的公开报道。由于种种原因，还没有公布消息。她的思绪再一次飘到了野餐的那天早上。她看见女孩戴着帽子和手套排好队，两位教师也管理得相当好。她又听到她在走廊上说的一些简单告别的话，警告她们有危险的蛇和昆虫，昆虫！我的天，星期六的下午究竟发生了什么？为什么，为什么，为什么又恰恰是这三个对学院的名誉和社会地位都很有价值的高年级女孩？玛丽恩·奎德，尽管没有其他两个女孩健康，但是她是一个很聪明的学者，有可能会获得学术荣誉，她们以自己的方式，对学校起着同样重要的作用。为什么不是伊迪斯或者其他像布兰奇、萨拉·维伯恩这样的人失踪？像往常一样，一想到萨拉·维伯恩，她就觉得无比烦躁。那眼睛又圆又大，永远含着没有说出来的批评，这在一个十三岁小孩身上，让人无法忍受。但是，萨拉的学费每次都及时地由一位年老的监护人支付，可是，从来都不知道这个人的地址。他很谨慎，也很优雅，"显然是个绅士"，正如亚瑟曾经这样说过。

当她挣扎着写回信的时候，她想到，以前这种情况，亚瑟经常会站在她的身边，此时的记忆取代了刚刚想过的绅士监护人。所有这些都毫无用处。她叹息了一下，拿出尖尖的钢笔开始写信。第一封信是给利奥波德家的，毫无疑问，她的父母是学院报名时令人印象最深刻的父母：超级有钱，而且进入了最好的国际社会。现在利奥波德先生正在印度，从孟加拉国的一个首长那里买马球比赛用马。根据艾尔玛的最后一封信，那时，她的父母可能在喜马拉雅山脉的某个地方，带着大象、轿车和丝绸刺绣的帐篷，正在进行一次疯狂的探险，因为至少要两个星期，所以地址不明确。最终，校长满意地写好回信——

信中很明智，既带有同情，也带有实际的常识。没有太多的同情，是因为有可能到时候这件该死的事情圆满解决，艾尔玛重新回到了学校。还有一个问题，就是要不要使用土著向导和侦探猎犬……她几乎能听到亚瑟的声音："妙极了，亲爱的，妙极了。"因此，从写信的目的来看，这样写应该是极好的。

　　根据优先顺序，下一个是米兰达的父母，在昆士兰北部的边远地区，他们有一个大型的家畜养殖场。虽然不完全是百万富翁，但也是有稳固的财富地位，还是澳大利亚众所周知的先锋家族中的成员。他们是学院典型的父母，他们对错过火车或是麻疹的流行这些小事不会大惊小怪，但是在这件荒谬的事情上，他们的反应也和其他人一样不可预知。阿普尔亚德太太很清楚，米兰达是他们家五个孩子中最大的一个，她是唯一一个父母眼中的掌上明珠。圣诞节的时候，他们全家在圣基尔达①度假，上个月他们回来去了舒适的贡迪温迪②。就在几天前，米兰达恰巧提到贡迪温迪邮件都是送到商店，有时候要四周或五周才能送一次。但是，女校长含着钢笔，心里想，也许哪个好事之人带着报纸去他们家做客，就把秘密给泄露了。我们都知道，阿普尔亚德太太是一个理性的人，然而，这封信是她一生中一定要写但又最难写的一封。她把信封口用胶水封上，里面的几页信好像是宣称世界末日的信使。她耸耸肩："我变得

---

① 墨尔本南区的一个海滨城，离墨尔本仅 7 公里，位于菲利普港湾的东岸。
② 澳大利亚的一个小城镇。

棒极了。"边说边从桌子旁的柜子上拿了白兰地，抿了一两口。

　　玛丽恩·奎德的法定监护人是一位家庭律师，除了给玛丽恩付学费外，其他的都符合此背景。幸好他目前在新西兰的一个野生湖畔垂钓。阿普尔亚德太太听说，不久前，玛丽恩称她的监护人是"步履蹒跚的人"。她强烈地希望这个律师无愧于他的声望，在找到足够的信息之前，不要惹是生非，这封信她也签好名，封好了。最后的一封信是给有八十岁高龄的格丽塔·麦克劳的父亲，他一个人住在遥远的赫布里底群岛（苏格兰的一个岛），陪伴他的只有他的狗和《圣经》。这位老人不可能会惹麻烦或者甚至根本也不会交流，自从他的女儿十八岁来到澳大利亚，他就从来没有给她写过信。所有四封信都贴好了邮票，放在大厅的桌上，让汤姆送上今晚的邮寄火车。

第六章

　　二月十九日，星期四下午，迈克尔·菲茨赫伯特和艾尔伯特·克伦多尔在小船屋里心平气和、安静地坐着，小船屋带点儿乡土气息，就在菲茨赫伯特上校家装饰性湖泊前，他们面前摆着一瓶巴拉腊特苦啤酒。艾尔伯特已经下班一两个小时了，迈克尔参加婶婶的年度花园宴会，现在正是休息时间。湖泊深暗，尽管夏日里慵懒的阳光照耀着湖泊，但湖水还是冰冷刺骨，湖的一侧，睡莲丛生，午后的阳光映衬在这些睡莲淡黄色的杯状花朵上。一片睡莲叶子上，一只白天鹅正站在一个珊瑚虫的触手上，时不时地在湖面上激起一阵阵涟漪。对面，一排排的蕨类植物和蓝色的绣球花，它们与不断扩展的自然森林交错相织，旁边是低遮檐房屋，房屋的草坪上，客人在榆树和橡树下漫步。在支架桌旁，两名女佣正提供草莓和奶油：这是一个相当高档的宴会，有来自附近政府小楼的客人——政府小楼是州长夏日避暑度假的住所，带着一个侍从，三个来自墨尔本的音乐家和很多法国香槟酒。原先打算让马夫穿上紧身黑夹克，为客人供应香槟酒，可是艾尔伯特回绝说自己的工作是照顾马匹。"我对你叔叔说过，'先生，我只是个马夫，而不是伺候人的服务生'。"

迈克尔笑了："你手臂上全是美人鱼和其他图案的纹身，看起来真像个水手。"

"这些是在悉尼，一个水手帮我纹上去的。还想在我的胸上纹一些，但我没钱了。真是怪可惜！我那时才十五岁……"

十五岁的男孩高高兴兴地把身上最后一分钱花在让自己容貌永损的事上。来到这样一个世界，迈克尔盯着这个朋友，对他肃然起敬。他自己十五岁的时候，就是个小孩，每周有一先令零花钱，每周日早上凭借着"洗盘子"再赚得一先令……自从那个野餐下午开始，这两个年轻人就成了朋友，他们之间的交往轻松，也毫无任何目的。现在看看他们——艾尔伯特的长手长腿大大咧咧地套在袖口卷起的衬衫和斜纹棉布裤子里。迈克尔穿着宴会服，纽扣孔上装点着一朵康乃馨，中规中矩地站在花园宴会中——他们是格格不入的一对。"迈克尔很好，"艾尔伯特告诉他的厨师朋友，"我们是哥儿们。"尽管"哥们儿"这个词常常被滥用，但他们是真正的哥儿们。事实上，艾尔伯特刚刚试戴了朋友的灰色大礼帽，帽子戴在他那弹丸般的头上，看起来活像是音乐厅中的一个音符；而迈克尔戴着艾尔伯特宽边沾满油脂的流浪汉帽子，像是来自英国男性杂志《磁石》或《男孩刊物》中的人物，但这都无关紧要。命运无意的安排，他们两个人，一个几乎是目不识丁，而另外一个则是不善于表达，这个二十岁的男孩——尽管接受了公立学校的教育但这与他的表现毫不相干。他们在一起的时候，谁都没有意识到彼此的缺点，如果真的有这些缺点的话。

无需多言，他们之间有着一种默契的舒适感。他们的谈话，话题主要是当地的趣事儿；艾尔伯特用斯德哥尔摩焦油涂在母驴的右后腿上，上校特别喜欢那费时的玫瑰园，这玫瑰园要除的草比种一英亩地的马铃薯还要多，全是玫瑰花有什么好呢？两人都没有令人尴尬的政治信仰，或者任何信仰，只要这些事情写在硬邦邦的纸上，他们就拿来当自己的信仰。友情让所有事情变得更简单。他们之间不存在障碍，比如，迈克尔的父亲是英国上院的一名保守党成员，而最近，听说艾尔伯特的父亲是一名流动的杂工，和挤奶棚的工头永远发生着各种冲突。对于艾尔伯特，年轻的菲茨赫伯特是一个理想的伙伴，在马场上放置的干草箱上，他们静静地坐上几个钟头，尽情地欣赏对方与生俱来的才智和风趣。艾尔伯特说的那些令人惊悚的奇闻轶事，有些是真的，有些是假的。这都无所谓。对于迈克尔而言，马夫无拘无束的谈话，给他带来源源不断的愉悦，这不仅是对于生活的愉悦，还有对于澳大利亚的愉悦。在湖景区的厨房，尊贵的迈克尔是英国最古老、最富裕家族之一的成员，通常人们称他是"可怜的英国虫"：这是一种真正同情的表达，同情那些明摆着要学习很多的人。厨师每周的薪水是二十五先令，大家都认为这待遇很好，"天哪，"厨师说，"就算给我满满一车的金矿，我也不想做他那种人。"与此同时，在客厅，迈克尔跟他叔叔、婶婶说："艾尔伯特真是个令人愉快的好小伙。那么聪明，我无法告诉你们，他对各种事情有多么地了解！"

"嗯，这我相信，"上校眨了眨眼表示同意，"小克伦多尔虽然和泼妇一样粗鲁，但是并不愚蠢，而且是个一流的马夫。"他的太太却嗤之以鼻，就像是在干草和马粪堆旁呼吸似的，她说："我真是无法想象，克伦多尔的谈话居然会有启发意义。"

这天下午，在这凉爽而平静的船屋，喝着冰啤酒、欣赏着湖泊的美景，他们进行了一次宝贵而简短的谈话，这次谈话或是有益的又或是毫无意义。在缓慢拖长的倒影下，湖泊是那般宁静。当宴会变得更加无趣、更加冷清的时候，远方《蓝色多瑙河》的音乐声，从玫瑰园传来飘荡在湖面上。对玫瑰已经审美疲劳了，它再也不是人们谈论的话题了，上校和两三个男伴，手里端着装着苏格兰威士忌和汽水的酒杯，离开了宴会，来到榆树垂叶下，而菲茨赫伯特太太拿着柠檬水，尽她所能地招呼着宴会上剩下的客人。

"该死——就到五点了。"迈克尔不情愿地散开放在桌下的长腿，"我答应了婶婶，在他们离开之前，带斯塔克小姐去参观玫瑰园。"

"斯塔克？是那个两条腿像香槟酒瓶的人吗？"

迈克尔不清楚，对于他来说，斯塔克小姐是个陌生人，她的腿更是无关紧要。

"今天下午，我看到她从政府小楼的马车里出来了。天哪，我想到——马夫告诉我，今天警察又出动了警犬，到海茵岩搜寻。"

"太好了，上帝！"另外一个人大声地说，他又坐下了，"找到什么了？他们有没有新发现？"

"完全没有！我要说的是：如果罗素街的家伙们、土佬追踪者以及那讨厌的警犬都没有找到她们，我们这样牵肠挂肚，担心什么呢？（倒不如喝完这杯酒。）在此之前，其他人都已经筋疲力尽了，而且我觉得事件应该到此为止了。"

迈克尔凝视着湖面上那波光粼粼的一圈。缓缓地说道："我认为，事情还没结束。每天晚上我都是从一身冷汗中惊醒，想着她们还活着，就在我们坐在这喝着冰啤酒的时候，她们因为口渴，死在地狱般的山崖的某个地方。"如果迈克尔的妹妹们听到了他这低沉且激昂的声音，她们也很难认出这是哥哥，这声音和哥哥平日里的声音完全不同，平日里迈克尔的言辞急促而轻松自信，在家里，哥哥即便是有秘密，也只是说给年迈的可卡犬听。

"这就是你我的不同，"艾尔伯特说，"如果你听我的，越早忘掉整件事就越好。"

"我忘不了，也永远不会忘记。"

那只白天鹅，刚刚一直泰然自若地浮在睡莲叶上，现在，依次伸展了它那粉嫩的双腿，然后振翅飞过水面，飞向对岸。这两个年轻人静静地看着它飞翔，直至它消失在芦苇丛中。

"嗯，她们肯定是漂亮的鸟儿，她们是天鹅。"艾尔伯特轻声地说。"美丽。"迈克尔说，他不幸地意识到有个陌生的年轻女人正在玫瑰园等他。他痛苦地松开放在粗木座位下、那双穿着细纹裤子的长腿，站了起来，擤了擤鼻子，点上一支烟，径直走到船屋门口，他停下脚步再次转身。

"听，"艾尔伯特说，"虽然我不是很精通音乐，但是这首歌是不是《天佑女王》？政府官员肯定马上要走了。"

"我不在乎他是不是……我有些事必须和你说说，但我不知道从何说起。"艾尔伯特从来没有看到他如此紧张过，"事实上……我已经制订了一个计划——"

"回头再说，"艾尔伯特一边说，一边点燃了一根烟，"以后再说，你说是吗？如果你还不去，你婶婶会大发雷霆。"

"别拿我婶婶来吓唬我。关键是，没法以后再说。现在要起点作用。你知道昨天你告诉我的那条骑马的路线吧？"

艾尔伯特点了点头。"你是指，带你到平地，靠我们这面山的那条吗？"

"我知道这听上去像是白费力气，也许是这样，但我不在乎。我决定用自己的方式，独自上山去探个究竟。不要警察！不要警犬！只有你和我。前提是你是否愿意和我一起去，给我指点指点。我们可以骑着阿拉伯马、带着长矛，早点出发，这样就可以回来吃晚饭，他们就不会问些棘手的问题。那么……我已经告诉你我的心里话了。你觉得怎么样？"

"疯疯癫癫，胡说，你快去带瓶子腿小姐去看玫瑰花，我们再挑个时间讨论这件事情。"

"哦，我知道你在想什么了。"对方充满怨恨地说，艾尔伯特十分震惊。

"喂，等一下，迈克尔！我只是想——"

"你想着：可怜虫是丛林里的新伙伴了，等等。该死，我都知道但没关系。刚刚我说的那个是骗你的。与其说是一个'计划'不如说是一种'感觉'。"艾尔伯特扬起眉毛但是没有说话。"我这一生做的一些事情，都是因为别人说那是正确的。这次我要做我自己想做的事——即使你和其他人都觉得我是疯了。"

"是这样的，"艾尔伯特说，"感觉是很好，但是那个该死的悬崖的每寸地方都已经严密地检查过了，你到底认为你可以做点什么？"

"那我会自己一个人去的。"迈克尔说。

"谁说你要一个人去了，我们是朋友，不是吗？"

"那你愿意？"

"我当然愿意，你个大笨蛋哦，别闹了。不需要太多食物，我们只需要我们自己吃的一些食物和两匹马的干粮。你觉得我们什么时候动身？"

"如果你可以的话，就明天。"

明天星期五，艾尔伯特休息，他计划了很久要去伍德森的斗鸡赛。"没事，你不用担心……你多早可以出发？"

这时，他们看到菲茨赫伯特太太的花边阳伞，在围住绣球

78

花的篱笆上方摆动，正朝他们走来，他们匆忙地约定明早五点半，在马厩碰面。

现在湖滨草坪上终于冷清了，宴会的大帐篷撤走了，支架桌子拆了，放起来以备来年再用。菲茨赫伯特太太的客厅里，粉色丝绸遮盖的灯泡瞬间散发出玫瑰红色的光芒，几只困倦的八哥还在最高的枝头窃窃私语。

海茵岩处，紫罗兰色的影子，拖着长长的身躯，在海茵岩神秘的表面，画出夏夜百万年历史的图案。在青绿色的天空中，镶着金边的峰顶那壮观的景色渐渐黯淡下来，警察们转过他们疲倦的、穿着蓝色哔叽的后背，爬进等待着他们的车辆，车辆急速地奔向那熟悉而又舒适的伍登德酒店。巴姆菲尔警官是其中一个，他已经受够了这个山崖和它的神秘，正高兴地期待着享用两瓶啤酒和一块汁多的牛排。

虽然天气极好，而且还有意气相投的一伙人，但却是毫无回报的一天。根据小女孩霍顿迟来的证据——如果这称得上是证据的话——搜寻即刻变得更为紧张，包括召回警犬，这些警犬发现了麦克劳小姐内衣上的一块白色棉布。似乎没有理由怀疑，伊迪斯看到，数学老师穿着白色棉布衬裤走上山崖。然而，这次记忆模糊的、没有交谈的相遇始终毫无事实根据；也无法确定麦克劳小姐是否也在短暂的这一会儿看到了这个惊慌的女孩。早在上礼拜的早上，就注意到了丛林以及通向山崖最西面的那些蕨类植物有人走过的痕迹。现在他们认为，这可能是麦克劳小姐在午饭后离开野餐空地会走过的路径。这条路径立刻消失了；奇怪的是，在与条纹岩石的相同高度处，最东端的树丛有模糊的刮痕和擦痕，四个女孩可能是从这里开始了危险的攀爬。警犬一整天都在尘土飞扬的矮树林和阳光暴晒的岩石处仔细地嗅着、翻寻。这个星期的早些时候，警犬同样没有嗅到失踪的那三个女孩的气味，很大程度上，大批善意的自愿搜寻者们妨碍了警犬的工作，他们可能消除了最初遗留的痕迹，他们一只手可能撑在盖满灰尘的巨石上、一只脚踩上了松软的苔藓上的难寻痕迹。然而，星期四那天，在那块非常靠近顶峰、近乎圆形平岩的平台上，警犬愤怒地嚎叫了接近十分钟，这引起了错误的希望，除了自然界成千上万年以来的毁坏痕迹，放大镜般的搜寻工作几乎没有找到任何痕迹。在马车里，巴姆菲尔在昏暗的光线下浏览着他那信息不全的笔记本。之前他希望可以发现老师那件紫色丝绸披风的一部分或是整件，塞进了一棵空心伐木中，也许是在一块松动岩石的下面。"我不知道这老姑娘到底做了什么事情！考虑到自从上礼拜天开始，太多人在矮树林东奔西跑。更不用说狗了。"

与此同时，和这天晚上马其顿的居民一样，菲茨赫伯特上校和他的侄子正在谈论关于召回警犬这件事。菲茨赫伯特太太因为款待客人而精疲力竭，已经回房休息了。上校对警犬感到极其的失望。开始他非常相信警犬，但是警犬没有找到任何线索，他个人感到很失望。在晚饭桌前，他对侄子说："老实说，我现在开始觉得，时间久了，狗和其他事物都没用了，这件事情太离谱了。到了这周六，那些可怜的女孩就消失了一周了。来一杯波尔图葡萄酒吗？很有可能在那地狱般的悬崖底已经停止了呼吸。"这个老家伙看起来真的很担忧，迈克尔都忍不住想讲实话，说自己明天要去海茵岩探险。但是婶婶肯定千万个不同意。他静静地在心里苦苦地挣扎了一番，他问星期五能不能骑阿拉伯小马？"你知道的，艾尔伯特那天休息，他说想带我骑马，兜个相当大的圈。"

"当然可以，你们想去哪儿？"

即使是一些小事，迈克尔往往都不是个合格的撒谎者，他喃喃低语地说了些关于驼峰线①的事情。"太好了！克伦多尔对这个乡村了如指掌。他会给你一些骑马用的上等软垫。要不是明天下午要举办玫瑰展会，我可能会和你们一起去。"（上帝保佑玫瑰展会！）"晚饭不要迟到，"上校补充道，"你知道你婶婶会有多紧张。"迈克尔说好并信誓旦旦地答应了，最晚在七点回到湖景区。

"我想起，"叔叔说道，"周六我们得去政府小楼吃午饭打网球。"

"吃午饭，打网球。"侄子重复道，内心想着他和艾尔伯特要花多长时间才能抵达在野餐地的水潭。

"吃桃子吗，我的好小伙？或者要不要吃点这些果冻状的东西？女人们真是不知道勤俭持家。"

迈克尔刚刚想象着在月光下漫步在山崖上，现在被拽回活

---

① 驼峰线（Camel's Hump）位于马其顿附近的驼峰公园，这是一条 1.1 公里长的路径，是适合于徒步骑马的路线。

生生的现实生活中，回到了灯光明亮的晚餐桌上。"每年夏天都一样……你婶婶花园宴会的晚上……这些剩下的、令人讨厌的食物——冷火鸡……果冻……这些晚餐的残羹剩饭。下午茶更像是……现在，我们经常在邦巴拉露宿，我把安排仆人去准备当成我的个人职责。"

"如果你不介意的话，叔叔，"迈克尔起身说道，"我想我等不及喝咖啡，我要回房了。我们明天早上很早就出发。"

"好的，小伙子——玩得开心。最好要厨师明早早点给你准备早餐。骑马疾驰之前吃点培根和鸡蛋。晚安！"

"晚安，先生。"……鸡蛋。粥……听艾尔伯特说，海茵岩连淡水都没有。

第七章

在经历了令人不安、狂风肆意的夜晚后，马其顿迎来了风平浪静的黎明。当地的居民躺在黄铜床上熟睡，床上铺着丝绸床单，醒来听到小溪滴答的流水声，小溪两岸蕨类丛生，还能闻到深夜开花的喇叭花的香味。上校家的湖中，睡莲含苞待放，迈克从房间的后门出来，穿过棒球草坪，草坪上还有厚厚的露珠，婶婶的孔雀正在那儿吃早餐。自从上周六的事件后，他第一次感到比较轻松。在这样一个井然有序的世界里，海茵岩以及它那不祥的噩梦已经被抛在脑后了。栗子树的林荫道上，鸟儿醒来了，唱着歌；家禽院子里，母鸡咯咯叫，小狗一直愉快地汪汪叫，想要唤醒周边所有人，迎接新的一天。一阵薄薄的烟雾从菲茨赫伯特上校的厨房升起，厨房里，一个女仆已经在生火了。

迈克尔突然意识到没吃早餐就出门了，他希望艾尔伯特记得准备午餐。走到马厩时，他看到艾尔伯特正给白色小马系鞍带。"早上好。"迈克尔用令人愉悦的英国口音说，上层阶级的英国人，早上九点钟以前，从邦德街到青尼罗河，无论见到谁都会说早上好。艾尔伯特的回应也表现了他那个阶层和国家的一些特征。"嘿，你好，希望你能自己去喝杯茶？"

"没事儿，"迈克尔说，他对烧茶的了解，仅仅停留在在剑桥大学读书时，房间里面的酒精灯和银滤茶器；"我带了酒瓶，装满了配好的白兰地。你看，我现在对丛林已经略知一二了，还要带其他的什么吗？"

艾尔伯特回给他父亲般的微笑。"食物装在铁皮罐里，两个杯子、折刀、一些旧布和几滴碘酒。一旦开始寻找了，就绝对预料不到我们会发现什么……嘿……不要看起来他妈的这么痛苦。这是你自己的主意……还要两把糠。你把这个系在马鞍上。啊，就在那儿，郎萨。它今天早上有点过于活跃，你觉得呢，哥们？是不是？我们动身吧。"

在经过陡峭深灰色的道路上时，湖景区旁的其他几户人家已经起床了，烟囱里炊烟袅袅，他们在用黄铜热水罐和托盘准备早茶。菲茨赫伯特上校一家和他们的朋友是颇有优越感的一群人，他们享受好的服务。少数几个科林斯街道医生、两个高级法院的法官、一个英国大主教牧师、几位律师，还有他们正在打网球的儿子和女儿，都享用美味的食物，骑上等的马匹，喝优质的葡萄酒。对于这些愉悦舒适的人们而言，目前的布尔战争①是继洪

---

① 这里是指第二次布尔战争，布尔人主要是荷兰或法国新教徒血统之南非人，尤指德兰士瓦及奥兰治自由邦之早期居民。第二次布尔战争开始于1899年10月11日，是英国与布尔人之间的战争。最终英国在战争带来的巨大损失与国际舆论压力下，与布尔人签订合约，战争于1902年5月31日结束。

灾之后最大的灾难，而即将到来的维多利亚女王周年庆典，是让全世界都为之振奋的盛事，人们要在草坪上喝香槟，放烟花庆祝。

两个年轻的男人骑着马，经过了一个华丽的木质马厩。马厩前，马夫在水管旁边洗澡，迈克尔对此佩服不已，认为这是艺术，而艾尔伯特则对此嗤之以鼻，认为这是做作。一个满脸胡茬的牛奶工在一辆两轮马车旁慢跑（那头可怜的奶牛上周被禁锢在伍登德产奶）；一个女仆在打扫走廊上的台阶；砾石车道旁，飞燕草丛生；蔷薇蔓生的树篱旁，一条用链条锁住却不见踪影的狗正在撕心裂肺地叫着。

道路蜿蜒盘旋，看起来很迷人，一旁沉睡的花园里，盖着厚厚露水，另外一旁的花园被上面山坡的影子所遮挡。大片的原始森林延伸到洁净的网球草坪、果园和一排排的山莓藤。这里苍翠繁茂的花园一点都不像迈克尔在英格兰看到的花园。这一切都天然纯真，令人心碎。这些令人高兴的花园显示着轻松快乐，弥补了那些毫无特色的红色屋顶的房屋建筑，这些房屋耸立在柳树、枫树、榆树和橡树间。整个夏天，肥沃的火山土壤上，都开着色彩鲜艳的玫瑰，像美丽的热带风景，无数条山泉浇灌着它们，而且布局恰到好处，这里是一群蕨类植物，那里是一个游着金鱼的水池，水池上还横跨着一座木桥，小型的瀑布上面还有一间茶室。迈克尔对这个看起来不寻常的村庄非常着迷，村庄两旁都是棕榈树、飞燕草和山莓藤。难怪他的叔叔在夏末讨厌回墨尔本。

"有钱人住在这里要花很多钱，"艾尔伯特说，"看看湖景区的一些仆人！我是管马棚的，卡特勒夫妇管花园的小旅馆。厨师和两个女孩在厨房，玫瑰花园真他妈的没什么好说的，他妈的四五匹好马一年四季在吃，什么也不干。"对于他澳大利亚亲戚的财政，迈克从来没有调查过，他更感兴趣的是，仔细观察修剪整齐的女贞树篱笆，篱笆里面是闪耀着的紫色和黄色的蝴蝶花床。花儿的香味飘到了公路上，这些香味与五颜六色的色彩、清晨的光亮交相辉映。

"那些小东西叫什么名字？"艾尔伯特问，"真好闻，是不是？对，就是蝴蝶花。我小妹妹最喜欢这些花。"

"可怜的小家伙！我希望她有一个属于自己的花园。"

"据我所知，几年前，有个老头儿看上了她，这也是我听说的所有事情了。告诉你真相吧，她离开孤儿院后，我只看到过她一次。尽管她和我一样，是好孩子，但是也不能忍受别人胡说八道。"

他们在说话的时候，艾尔伯特让郎萨停下来，向右转，进入了一条狭窄的小路，小路一旁是一片森林，另一旁是外面长满苔藓的老园子，在那里，鸭子在长长的草地上，马见到鸭子很害羞。这里，他们已经把家庭的景象和村庄的生活忘到九霄云外了。他们进入了绿色的阴暗森林。"近路可以少走五里，沿着这里的某个地方有一条小道可以直通马其顿的另一边。"剩下的路程，他们没怎么说话，道路弯弯曲曲，在倒下的原木和流淌的小溪间穿梭。除了偶尔的一只鸟或者兔子外，他们遇到的唯一生物就是一只小袋鼠，它从一簇蕨类植物中跳出来，差点跳到了郎萨的脚下。当大黑马的后腿抬起来时，艾尔伯特的两个锡制的杯子好像铜钹一样叮当作响，把小马甩在了几英寸的后面。艾尔伯特转过头，咧嘴笑了一下，"白天，很少会看到这个小家伙的——小袋鼠。你还好吗？我感觉你快要摔跤了。"

"第一次看到袋鼠，如果摔一跤也值了。"

"我想对你说，迈克。有时候你真他妈的蠢，但是你骑这匹小马的确骑得很好。"这个赞美虽然有点讽刺，但是还是有欣赏的意思。

他们出了森林，来到了树木不是很茂盛的另外一边，在热气腾腾的天空下，早晨提前来临了。他们让马在阴凉处停下来，俯视下面的平地。就在前方，海茵岩威严孤傲地耸立在一片颜色暗淡的茫茫草丛中，在充足的阳光照射下，海茵岩锯齿状的山峰和最高峰看起来比迈克反复做的噩梦里的可怕岩洞更加邪恶。"你看起来脸色不是很好，迈克。空着肚子骑了这么久肯定是不好受的。我们往前走一点，到小溪后吃点东西。"

自上个星期六以来，发生了很多事情。但是令人惊讶的是，他们吃午饭的地方和艾尔伯特洗杯子的小溪还是跟之前一样。他们野餐留下来的灰仍然还在火炉的边缘上，水在流过平滑的石头时发出潺潺的流水声。马拴在同一片黑木下吃东西，同样的阳光透过树叶射到午餐上，午餐铺在一块草坪上的报纸上，有几片冷肉和面包，一瓶番茄酱，还有少量的甜味奶茶。

"开吃，迈克，你说你饿了的。"

现在，他已经不饿了，自从今早第一眼看到岩石，一种隐隐的空虚感就困扰着迈克，而这种空虚感是无法用冷羊肉来填补的。他躺在温热的阴凉处，一杯接一杯地喝着滚烫的茶。艾尔伯特吃完丰盛的一餐，用脚尖踩灭了火，在草坪上翻滚了几下，要求迈克看着表，十分钟之后去踢他的后背把他叫醒。几秒钟之内，迈克就听见了鼾声。迈克走过去，站在小溪边，星期六的下午，四个女孩就是在这里用自己的方式跨过小溪的。皮肤有点黑、长着一头卷发的小女孩在这里站了一会儿，低头看了看溪水，然后跨过了小溪，她一直在笑，甩动着她的卷发；中间的有点瘦的女孩头也没回，毫不犹豫地就跨过了小溪；那个矮胖的女孩在一块松动的石头上，鞋子差点掉了。米兰达，又高又美，像白天鹅一样越过了小溪。她们朝悬崖走去时，其他三个女孩一直在谈笑，但是米兰达没有，她在对岸停留了一会儿，把散落在一面脸颊上的一绺黄色直发弄到背后，这样，他第一次看到了她虽严肃但秀丽的脸。她们去了哪里呢？她们在最后的欢乐时刻分享了什么女生的秘密呢？

艾尔伯特的短短一生中，在很多地方睡过，这些地方，迈克尔是从来没睡过的：摇摇欲坠的桥下，树洞中，空房子里，甚至是细菌滋生的小镇牢房。他像狗一样，不管在哪里，都睡得舒服，而且睡得很香。现在他站起来，恢复了精神，胡乱地拨弄了几下他的头发。"你发现了什么东西？"他拿出了一根短铅笔，想知道："如果我制订了一个计划你会执行吗？你想从哪里开始呢？"

真的，从哪里开始呢？迈克尔小时候，在人工管理的树林里，和他的姐妹们玩躲猫猫的游戏，他躲在杜鹃花旁或者橡树旁，躲了好久，找他的人都没有发现的时候，他就会恐慌，跑出来找他的姐妹们，姐妹们以为他永远消失了或者死了，回家时，一路上又哭又闹。不知道什么原因，他一直都记得这件事情。有可能海茵岩事件的结果就像这件事情一样。他的这个想法，甚至都无法告诉艾尔伯特，却又不能否认：狗、土著向导、警察的搜寻仅仅只是一种搜寻方式，也可能甚至不是正确的搜寻方式。如果有结果的话，很可能是不经意间发现的出乎意料的结果，一些带着目的的搜寻都不起作用。

按照艾尔伯特的计划安排，每个人分配一块指定的地方，在岩洞、悬岩、倒落的树木或是失踪女孩可能歇息的地方搜寻。

悬崖西南方的一丛树木处是最开始的搜寻点，二月十四日的下午，几个目击者看到伊迪斯从这个地方朝她们跑过来，边跑边哭，头发一团乱，艾尔伯特选择从此处开始搜寻，于是，他吹着口哨，仔细检查这个下坡，有传言说，这里曾经是杂草丛生的森林，路边长满了蕨类植物和蓝莓。他洗得发白的蓝色衬衫渐渐在树丛中消失，迈克尔就停下来了。艾尔伯特偶然回头看到了他，心想是不是这个家伙有点不舒服。如果有的话，那真是白费时间。

实际上，他的朋友正在聆听从温暖的绿色丛林深处传来的森林的窃窃私语声。正午时分，除了人类没有遵守上帝的规定保持休息和行动平衡，所有的生物都安静下来了，放慢了平常的速度。

他一触碰卷曲的棕色蕨类叶子，叶子就折断了；他的靴子踏在排列整齐的蚂蚁和蜘蛛上；他的手在一圈一圈的树皮上一掠，一群毛毛虫厚厚的大衣被掀开了，它们打着滚，赤裸裸地暴露在正午的阳光下。在一块松动的石头上，正在睡觉的蜥蜴惊醒了，马上跳到了安全地带，逃离了这个庞大怪物的魔掌。山坡越来越陡峭，丛林越来越密集。这个年轻人，呼吸有点困难，他的黄色头饰使他闪亮的前额出了汗，他继续穿过齐腰的蕨类植物，每往前一步都摧毁了一大片布满灰尘的绿色蕨类植物。

在他底下大概五十米处，有一个小溪，正前方是树木稀少的斜坡。这里的某个地方，有可能就在这里，米兰达穿过一片欧洲蕨跳进山茱萸丛中，在前面带路，就像迈克现在这样。靠近垂直的悬崖时，布满蕨类的低坡的魅力在巨大的平板石和高耸的长方形巨石下显得相形见绌。露出地面的岩石和巨大的圆石，竭力地耸立在到处都是腐烂的植物和动物的尸体的地面：骨头、羽毛、粘鸟胶、蛇皮，有些石头上还有锯齿状的角、尖木桩、不吉利的旋钮和脏兮兮的红宝石，其他的石头经过百万年的修炼，有的是驼峰形，有的是圆形。米兰达聪明疲惫的脑袋有可能枕过这些奇怪的石头。

迈克还是磕磕碰碰前行，脑子里没什么计划，他听见了背后微弱的声音，但肯定是叫喊声，于是停了下来。他忘记了时间，往后一看，惊奇地发现野餐地消失在树木中金色的阳光中。他又听到了叫喊声，这次声音更大而且持续得更久。他离开艾尔伯特后，第一次想起答应过，在四点之前，与艾尔伯特在小溪边会合。现在已经是五点半了。他从口袋里拿出粉红色的笔记本，撕了几页，贴在一丛山月桂的细枝上，他把它们悬挂在夜晚宁静的空气中，就像一面面小小的白旗子。然后，他回到小溪边。艾尔伯特喝着茶在等他，他也没有什么兴趣报告什么：一切都正常，现在就是渴望回到湖景区，吃晚饭。"妈呀，我开始以为你迷路了。你在那里那么久究竟在干什么？"

"只是在看……我从口袋的笔记本上撕了些纸在树上做了记号，我可以再次找到它。"

"傻瓜很聪明，是吧？好，喝点茶，我们动身吧。我向那个家伙保证过，八点钟把你带回家吃饭。"

迈克慢条斯理地说："我不回家，今晚不回。"

"不回家？"

"你听到我说话了，不是吗？"

"好家伙！你疯了吗？"

"你回家后可以告诉他们我今晚在伍登德过夜，只要不引起大惊小怪，你喜欢说什么谎就他妈的说什么谎。"艾尔伯特眼中带着新的敬佩看着他。偶然地，他发现，他第一次听见迈克使用他说的"语言"，他抬头匆匆地看了看发着光的天空，耸耸肩，"天很快就要黑了，清醒点。你独自一人一整夜在这

91

儿有什么好呢？"

"那是我的事。"

"我不知道你要找什么，但是我可以告诉你，天暗了你肯定找不到。"这时候迈克真的开始骂人了，他坚定不移，情绪激动。骂艾尔伯特，骂警察，骂他妈的某某人多管闲事，又骂他妈的某某人觉得自己什么都知道，只是因为他们是澳大利亚人。

"你赢了，"艾尔伯特说，他朝马走去，"我把剩下的食物留给你，食物在铁皮罐里。你的袋子里，还有一些马粮。"

迈克尴尬地说："我刚刚说的那些话，不好意思。"

"哦，你做得对……如果你就是那样觉得的话……好了，回头见，我要动身了。注意，明天早上离开的时候把火扑灭。我不想周末还来海茵岩灭火。"

郎萨在那里已经急着要出发了，艾尔伯特骑马慢跑穿过平地，朝着马其顿的方向骑过去。他很清楚要在哪两棵桉树间转弯，他的身影慢慢消失了。

在穿过金黄色的平地时，森林中出现了长长的影子，几排树桩和栅栏里，零星地有几只羊；带着银色轮子的风车，抓住了最后一缕阳光，在那一动不动。在岩石上，黑暗在恶臭的树洞和岩洞里储存了一天，现在渗透出来了，使白天变成了黄昏，夜晚来临了。当然，艾尔伯特说对了。迈克知道，在黎明来临之前，他什么也不能做。在这片神奇的土地上，太阳是什么时候升起的呢？他拿来一些树皮，重新点燃了快要熄灭的火，借着火光，勉强地吃了一点面包和肉。在没有星星的天空下，他身旁的岩石也看不见了。几里远处，有一小块白色，阿拉伯小马在小溪旁喝水。尽管夜晚的空气有点冷，他在刚躺下时打了个冷颤，但睡在欧洲蕨上相当舒服。他脱下外套，叠好垫在背部，抬头看着天空。他一生头一次睡在外面——在法国里维埃拉和牛津朋友的一次聚会上，他们在戛纳后山上迷路了，那晚有星星，葡萄园，还有附近的灯光，女孩的草皮地毯，白天短途旅行剩下的水果和红酒。记得那次是他冒险的极限了，他想，十八年来，他是多么可笑，多么幼稚啊。

一会儿，他就入睡了，做了个梦，梦里，女仆把系在松动石头上的阿拉伯小马上的铃铛扔向他哈丁汉姆庄园房间的百叶窗。他还是半睡半醒状态，希望安妮没有打开百叶窗，他从黑暗的、窗帘紧闭的澳大利亚夜晚中醒来。他笨手笨脚地划火柴，借着这一瞬间的光，他看了看地上放在旁边的手表，才到十点钟。他现在完全醒了，全身痛，他把一根枯树枝扔进火中，躺着看树叶突然燃烧起来，喷出来的火光像淋浴喷头洒出来的水，反射在小溪中。

黎明的第一道曙光来临时，他已经烧好了茶。就着茶，他狼吞虎咽地吃了一些干面包，蚂蚁还吃力地把面包屑拖到洞里。他给马喂了最后一点糠，准备开始搜寻了。很多天后，巴姆菲尔又彻底地对他进行拷问，他意识到，当他穿过小溪开始走向岩石的时候，没有明确的行动计划。只有一股看着记号快点走回小丛林，开始从那里重新寻找的动力。

又是一个美好的早晨，和昨天一样，暖和无风。昨天的失眠给了他积极的动力，促使他受凉的身体穿过齐腰高的欧洲蕨。他很快就找到了用碎纸做好记号的矮小月桂，树上满是露珠。一只鹦鹉从树上一闪而过，树上的喜鹊扯着嗓子，带着早上愉悦的心情在唱歌。周围的蕨类植物和一些叶子遮挡了高耸在海茵岩前的石头，现在还看不见。他在看起来深不可测的裂缝处，停下来歇歇脚。几里远处，小袋鼠从蕨丛中单脚跳出来，蕨丛长在弯弯曲曲的道路上，像是天然的小道。有些事情，动物比人懂得多，例如，迈克的可卡犬，可以察觉半里远外的猫或者其他的敌人。这只小袋鼠看见了什么呢？它知道哪些事情呢？当它站在岩角上，向下看他时，很可能是在试着告诉他什么。它那温和的眼中没有显出害怕。在岩角上，他站得很稳，但是他很难跟上小袋鼠在矮树丛中跳跃的步伐，它在矮树丛中消失了。他发现，现在他站的这个岩角在零星的桉树荫下，紧靠纹理石的天然平台，四周环绕着岩石、圆形巨石，还有一簇簇尖细的蕨类植物，他沉重的腿受不了了，不得不停下来休息，哪怕只是一小会儿都好。他的脑袋，已经不是脑袋了，更像是一个气球，系在他疼痛的肩膀上。他已经习惯了丰盛的英式早餐：鸡蛋、培根、咖啡还有粥。尽管身体的主人现在还没有意识到饥饿——只是渴望喝几杯冰水，但是他娇气的身体正在大声地抱怨。冒出的石头下是一点阴凉处，他头枕着一块石头，疲劳地睡在碎布上。由于一只眼睛突然刺痛，他就醒来了。一股血流到了枕头上。枕在他受伤头部的枕头如石头般坚硬、锋利，他身体其他部位都是死一般的冰冷。他颤抖着伸手去拉床单。

　　开始，他以为是窗外，有橡树上的鸟叫声。他睁开眼睛，看见了桉树上长长的尖尖的银色树叶一动不动地垂悬在沉重的空气中。一阵低沉的声音包围着他，声音几乎是从远处传来的，时不时地还有一阵颤抖的声音，可能是由于突然迸发出一点颤抖的笑声。但是，有谁会在海里发笑呢……？他正在努力地穿过黏黏的深绿色海水，寻找有时候旁边发出叮当声的音乐盒，有时候，就在前方。要是他能移动得快点，拖着他没用的腿穿过海水，可能会拿到音乐盒。突然间，声音戛然而止。水变得越来越浓，越来越深，他呛水了，口中吐出了泡泡，他想："这就是溺水的感觉。"他开始咳嗽，正好可以被迫咳出从头前额伤口处滴到脸颊的血。

　　他完全醒了，当他听到她的笑声时，绊倒了，笑声是从前面不远处传来的。"米兰达，你在哪儿？……米兰达！"没有回音。他开始快速跑向矮树丛。带刺的灰绿色的山茱萸刮伤了他那英国人白白嫩嫩的皮肤。"米兰达！"高地上，巨大的岩石和大圆石挡住了他的路。根据岩石的大小和轮廓，不管是走、爬、匍匐，每一块都像噩梦般，很难通过。慢慢地，石头越来越大，越来越不可思议。他喊道："哦，走丢的，亲爱的，你在哪里？"在危险的地面上，一瞬间，他抬起头，看见了一个庞然大物遮住了太阳。他在参差不齐的山坡上滑倒了，松散的鹅卵石滚落到峡谷下。一股疼痛戳到了他的脚踝，他又爬起来，开始继续走下一个大卵石。他的头脑中只有一个意识：继续。菲茨赫伯特的祖先在阿金库尔战役中扫除重重障碍，就是他现在的这种感觉，实际上，也用拉丁语说了这几个字，这是家族的王冠：继续。在过了五个世纪后，迈克继续攀爬。

第八章

　　对于艾尔伯特而言，为不是自己分内之事而烦忧，是种全
新的感觉，可是他并不在乎。星期五晚上，艾尔伯特骑着马，
经过山峰，回到家，思绪却徘徊在要整晚独自待在溪水边的朋
友那儿。这可怜的家伙甚至都不知道，在蕨类植物上睡觉要在
肩膀的位置挖个洞，这会让自己舒服些。也不知道在晚上气温
下降的时候，如何用一把树皮生火。在马其顿的平原上，即使
是夏季，晚上很早就冷起来了。毋庸置疑，肯定是什么事激怒
了迈克尔。尽管艾尔伯特不明白，但确有此事。也许在英国，
所有像迈克尔家人这样的大人物，都是疯疯癫癫的。或是关于
寻找失踪女孩的一些胡言乱语中，有些确实是有道理的？曾
经，艾尔伯特确实有一次，因为一股莫名的冲动，跑去巴拉瑞
特赛马场，并且把身上所有的五英镑下注给了一匹不被看好的
马，结果以四十倍的奖金轻松取胜。迈克尔想要寻找那些女孩
也可能是这种感觉。对于艾尔伯特来说，他已经非常厌倦这些
女孩了……可能早就死了，想到这……他希望厨师为自己留了

些热的食物,当做今晚的茶点。该死的,他要怎么跟主人解释呢?于是,艾尔伯特陷入了不安的沉思中,他没有拉紧缰绳,骑着马慢慢地回家。

当艾尔伯特来到湖景区的大门口时,夜幕已经降临,街道的黑暗中掺杂着芬芳和神秘。他为郎萨卸下马鞍,在马厩院子,将马冲洗干净后,艾尔伯特走向厨房,在那儿,厨师帮忙加热了牛排腰果布丁和黄梅挞,艾尔伯特感到很高兴。"最好进去看看他们,"厨师建议性地说,"你这么晚回来,主人很焦急——你和小迈克尔做了什么?"

"他很好,等我吃完东西,就去见他们。"马夫说,又吃了些黄梅挞。已经是十点多了,主人一个人在书房,玩着纸牌,通往游廊的落地窗敞开着,艾尔伯特大声咳嗽并敲了几下铅框玻璃窗。

"进来,克伦多尔。天哪,迈克尔先生在哪儿?"

"我要替他传个话,先生我——"

"传话?你们没一起回家吗?到底出什么事了?"

"没事,先生。"马夫说,他正慌张地寻思着编个合适的小谎,在吃黄梅挞的时候他就开始编造这个谎言,现在,在这个老家伙责备的蓝眼睛下,他有些躲闪。

"你说没事,是什么意思?我的侄子从来没有告诉我们,他打算在外面吃晚饭,对吧?"在湖景区,没有预先通知而缺席一顿饭,这种行为简直可以判死刑。

"先生,他也没打算外出这么久。事实上,我们启程回家晚了点，因此迈克尔先生认为他最好在马其顿客栈住一晚，明天早上再回家。"

"马其顿客栈？伍登德车站附近，那间又小又糟糕的客栈吗？从来没有听过这些胡言乱语！"

"我觉得，先生，"像所有会撒谎的骗子一样，艾尔伯特加强了底气说，"他认为这样可以避免很多不便。"

上校愤怒地哼了一声："想想看，厨师帮他把晚餐加热了整整三个小时。"

"偷偷地告诉你，"艾尔伯特说，"其实今天早上，在大太阳下骑了那么长时间的马，迈克尔先生觉得有点累了。"

"你们去哪了？"上校问道。

"一段很远的路程。实际上，是我要他别着急，在伍登德住一晚的。"

"那么这是你的'聪明'主意啦，是吗？那个小子应该没事，对吧？"

"千真万确。"

"希望晚上可以安顿好阿拉伯马，如果他们那儿有个马厩，那就太好了，好了，你可以走了，晚安。"

"晚安，先生。你明天要用郎萨吗？"

"嗯，不，我的意思是不用。该死的。在见到我侄子之前，我没法安排星期六的任何行程。我们获邀要去政府小楼打网球的。"

虽然艾尔伯特和往常一样，头一挨着枕头就能酣睡，但接下来，他不停地做着一个令人不安的梦，梦里，从未知的远处，传来了迈克尔叫救命的声音。有时，声音从湖中穿过小窗口飘进房间，有时，阵阵呻吟声从街道传来，有时这些声音就在他身旁，他的耳边——"艾尔伯特，你在哪里，艾尔伯特？"——因此，他在床上坐了起来，满身是汗，也完全清醒过来了。头一次，直到太阳升起，他那盒子般小的房间填满了橘色的光芒，他的不安才得以减轻，是时候起床了，他把头放在水龙头下，冲了冲后，就去照看马匹。

吃完早饭后，他没有和任何人交谈——即便是好朋友库克——他直接在马厩门上钉上一张纸条，给郎萨备好鞍后，出发前往野餐空地的山上。"马上回来。"写这个完全是骗骗他们，拖延一下。很有可能迈克尔正默默地骑着马，到了离湖景区几里处的弯道，如果是这样就没道理激怒家里的每个人。理智告诉他无需惊慌。迈克尔是个经验丰富的骑手，而且熟悉路线，尽管有这么多理由，但艾尔伯特心中一直隐隐地担忧。

郎萨一路轻快地小跑，马上就来到了高大林木间的软泥路面处，在这儿眼光老练的艾尔伯特发现，在人迹稀少、潮湿的红褐色路面上，除了他们昨天留下的蹄印，再没有其他足迹。每到拐弯处，他坐在马鞍上都会伸长脖子来看，希望当阿拉伯小马摇摇晃晃地从蕨类植物中走出，向自己跑来的时候，可以看到它雪白的头冠。在小路的最高处，森林变得稀疏，他将郎萨停在了昨天早上和迈克尔一起停下的那棵树旁。穿过平地，在正午光和影强烈的明暗对比下，海茵悬岩高耸在那里。他稍微瞥了一眼悬岩那熟悉的壮丽景观后，视线就转移到了空旷平地，在阳光下闪闪发光，他想要寻找移动的白色头冠。在滑溜的干草和岩石松动的斜坡上，即使是和郎萨一样身手稳当的动物都得缓慢前行。郎萨跟跟跄跄地走到了平地，四条腿触碰到了平坦大地后，再次像风一般地奔跑。他们刚刚进入野餐空地边缘的树木带时，这匹大马猛烈地一跃而起，艾尔伯特差点丢掉了一只马镫，同时，马发出了一阵刺耳的嘶鸣声，响亮又尖锐，回荡在林间空地。声音得到了一个微弱的回应，不到几秒钟，一匹阿拉伯小马，背上没有马鞍，缰绳也拖在地上，从矮树丛中走出，朝他们跑来，艾尔伯特太高兴了，舒舒服服地坐上马鞍，他让两匹马带路，回到小溪边。

黑木树荫下的水潭旁，很凉爽、很舒适，这里乍看起来和昨晚两人分开时没什么差别。迈克尔生火后的灰还在野餐炉子的石头上，迈克尔帽子的帽檐上插了根鹦鹉毛，悬挂在昨天那根倒垂的树枝上。附近，一根表面光滑的树桩上，搁着小马那令人羡慕的英式马鞍（带着专业的关切，想了想："他可以铺一个东西遮一遮的，都是喜鹊粪便，为什么这家伙没戴帽子呢？他根本还没适应澳大利亚二月的烈日……"）。由于某种莫名的原因，艾尔伯特前几小时的疑惑和恐惧变成了恼怒，甚至是愤怒。"真讨厌，这个该死的小笨蛋！我肯定他已经走了，在那该死的悬崖上迷了路……真该死，我真不该掺和这一切……"然而，他已经掺和进来了，只好费力地在矮树丛和欧洲蕨中缓慢前行，寻找着走向悬崖的新足迹。

地面上有很多足迹，其中包括昨天自己留下的。在松软的土壤上，很容易找到迈克尔马靴留下来的狭窄印记。但是当这些印记在石头和碎石间消失时，事情就开始变得麻烦了。他跟着迈克尔的脚步走了大约五十码，发现了另一组脚印，这些脚印就在几英尺外，几乎和刚刚的脚印平行，但是这些脚印是下坡走向水潭的。"真有趣……好像是他沿着同一条路上来下去……哎呀，那边到底是什么？"

　　迈克尔侧身躺着，倒在草丛里，一条腿弯曲，压在身下。他没有意识了，脸色惨白，但是还有呼吸。他肯定是绊倒在草丛中，狠狠地摔了一跤——也许断了几根肋骨或是伤了脚踝。他额头上的伤口以及脸上和手臂上的擦伤却无法解释。艾尔伯特对于处理骨折很有经验，因此他没有尝试将迈克尔挪动到更舒适的地方。他设法用新鲜的欧洲蕨枕在他的脑袋下，从溪中接水，帮他把脸上那些干了的血迹洗干净，他的脸苍白而且满是灰尘。白兰地酒瓶依然还在夹克口袋里——艾尔伯特小心翼翼地把它抽出来，并倒了几滴在迈克尔的双唇间。当酒滴到下巴时，迈克尔闭着双眼，呻吟。他的身边满是蚂蚁，而且苍蝇乱飞，迈克尔这样躺在地上多久了？艾尔伯特用手摸了一下他的皮肤，感觉又湿又黏，这个可怜的家伙看起来状况不佳，艾尔伯特决定抓紧时间去寻求帮助。

　　这两匹马，阿拉伯小马相对稚嫩点。郎萨可以让人放心，拴在树荫下，能温顺地待上几个小时。几分钟后，艾尔伯特将小马的鞍和缰绳弄好了，骑向去伍登德的道路。才走了几百码，他就看到了一个年轻的牧羊人带着条柯利牧羊犬，在篱笆对面的小牧场散步。当牧羊人走近艾尔伯特，听到了艾尔伯特在向他喊问的话时，他大声回答，自己刚刚送走了伍登德的麦肯齐医生，医生帮他老婆接生了个儿子。这位骄傲的父亲在阳光下扇动着一对通红的大耳朵，并举起两只红色的手掌，伸出手掌，放声大喊："在厨房的磅秤上有九磅七盎司，那么乌黑的头发你肯定没见过。"艾尔伯特已经开始收阿拉伯马的缰绳了，他问："他现在在哪儿？"

"在摇篮里吧。"牧羊人说，他简单的头脑里只有他健壮的宝宝。

"傻瓜，不是说孩子，我问的是医生！"

"哦，他呀！"牧羊人咧着嘴笑了笑，并模糊地朝着空荡马路的一个弯道指了指，"他驾的是双轮马车，你骑着这小马应该很容易就能赶上他。"对于柯利牧羊犬而言，在这个愉快的夏日午后，生与死都一样，它顽皮地在阿拉伯小马起跑的后腿上咬了一口，但是被踢到了尘土飞扬的马路上。

很快就赶上麦肯齐医生的马车，马车立马掉头朝着野餐空地驶去。迈克尔还躺在之前艾尔伯特安置他的地方。在快速而专业的诊断后，老头开始处理额头上的伤口，他从光亮的黑色皮袋子中拿出了包扎的纱布和消毒剂。哦，这些黑袋子带来了希望，可以治愈伤口——它们在双轮马车上，经过牧场和荒芜的道路，颠簸了多少英里才来到了这儿？那耐心的马儿在白天和黑夜里等了多少个小时？才等到医生，带着他的小黑袋从一些破烂的、屋顶漏风的小屋中走出来。"我觉得没有伤得很严重，"麦肯齐医生一边说着，一边跨过迈克尔的身体跪在草丛上，"踝关节的主要部分擦伤了。他可能是在悬崖上的某个地方摔了一跤。而且在太阳底下晒着。现在，最重要的是尽快送他回家。"他们用从医生多功能的马车上拿来的毛毯(一面是仿豹皮，一面是光亮的黑色防水皮)和两根笔直的小树干做成了一个临时担架，迈克尔躺在担架上，被熟练地抬上了马车。"年轻人，让我来驾车吧——我都驾了三十多年了，所以马儿不会在路上摔跤。"他外表非常冷漠，做事却很有效率。花了大半夜，全力应对牧羊人老婆那个顽抗的九磅重的儿子，他算是出奇的温柔。

艾尔伯特骑上了小马，手拉一根缰绳牵着郎萨，让这匹极好的马感到非常厌恶，慢慢地骑在马车的前面。当小队伍进入湖景的街道时，时间已经接近午夜了。几小时前，上校收到从伍登德送来的消息，此时正提着马灯在大门后走来走去。他的太太得知迈克尔正安全地赶回家后，回房去休息了。麦肯齐医生是这家的老朋友了，从马车上探出身子。"不用惊慌，上校，扭伤了脚踝，弄伤了额头。被吓坏了。"

大厅里，女仆拿着几罐热水和干净的亚麻布来回走动。他们把迈克尔放到床上，床上有一床鸭绒被和几个热水瓶，迈克尔喝了一小口热牛奶后，睁开了一会儿那双惊恐的眼睛。"这小伙到鬼门关走了一趟。"医生肯定地说，他又大声地说道，"现在注意，上校，他需要完完全全的休息，拒绝访客，不要问问题——至少要等到他自己开口说话才行。"

上校气急败坏地说："我想知道的是，为什么迈克尔这家伙会整晚独自在海茵岩过夜？"这一天，上校的情绪不是愤怒就是隐隐的担忧，这会儿他快要爆发了。"该死的克伦多尔，你昨天对我胡说八道了些什么，你不是说迈克尔昨晚是在伍登德客栈过夜吗？"

"现在，算了吧，上校，抱怨也于事无补，"医生插话道，"最重要的是，小伙子现在平安无事地躺在床上。至于克伦多尔，你得谢天谢地，他没有耽搁救援的时间。"

此时艾尔伯特一脸僵硬，正用鞋头踢着餐厅餐具柜的一只脚。"事情是这样的。你侄子打算星期五出发去野餐空地，再去找找那些失踪的女孩。不，和你一样我也不知道这是为什么。到了回家的时候，他还在悬崖上徘徊着，不想回家。我也尽力劝过他，让他改变主意。如果你确实不信我的话，你可以换个马夫。"沉默了几秒钟后，艾尔伯特深情地向阿拉伯马和矮脚马道别，最后一次揉了揉，摸了摸郎萨，又东看看西看看，好像在找个什么地方练习他的驯马术，上校伸出手。当艾尔伯特握着这个疲惫不堪的老人的手时，一阵同情突然涌上心头。"你相信我说的话吗？"

"我相信你，克伦多尔……虽然你吓了我们一大跳。快去吃点鸡肉吧。"

"我先去看看我的马儿们，睡觉之前，我会去厨房吃两口。"

"喝杯威士忌吗？"

"不用了。我现在得走了。晚安先生，晚安医生。"

"晚安。克伦多尔，今天谢谢你的帮忙。"

"医生，你说得没错，克伦多尔是个好小伙，虽然非常粗鲁，但是失去他，我会难过得要命，"上校一边给自己倒了杯酒，一边说，"一整天悬在这里等消息真是气死我了。我宁愿随时上前线。要不要和我一起喝杯威士忌？"

"谢谢，没回家换上睡衣，我是不喝烈酒的。我太太经常会留点晚饭给我。"医生已经提起了小黑包，正在戴他那双黑皮驾驶手套，"我知道附近有个护士，马上要照顾完上个病人了。如果菲茨赫伯特先生同意，我明早就派她过来？好了，我过一两天再过来——如果你有任何需要我可以马上过来。我会给护士一些必要的指导。"

菲茨赫伯特上校站在大厅里，看着马车离去，消失在黑夜中，随后他把灯熄了。迈克尔房间开着门，屋外一盏夜灯闪烁着微光，一个女仆脱了鞋子在边上的一把椅子上打着盹。他灌下临睡前喝的酒，走进书房，去执行每晚的仪式——更换桌上日历的日期。"二月二十一日，星期六。上帝呀！那是星期日早上的事了！二月二十二日，星期日。距离在海茵岩发生那件可怕的事正好八天了。"

照料完马后，艾尔伯特衣服也没脱，扑到了他那张凌乱的、带滑轮的床上睡着了。他似乎头一碰到枕头，就完全清醒了，注视着窗外一小块灰白色的光，经过了昨天那些事，现在不再像昨晚那般身心疲惫了，正如一幅浮雕细工的拼图，除了丢失了关键的一小块，所有的板块都依序排列整齐了。是哪块呢，要拼在图案的哪个位置呢？最好先从星期六早上，发现迈克尔倒在草丛中开始想。在摔下来、弄伤脚踝之前，他到底走了多远？他是不是又回到月桂树丛林，再次从那出发？那些傻乎乎的小纸旗……！艾尔伯特立马从床上跳下，穿上自己的靴子。

　　当他穿过还盖着厚厚露水的草坪时，小鸟还在栗子树上熟睡，他通过侧门悄悄地溜进了大门紧闭的漆黑房子。女仆在迈克尔的屋外，安详地打着鼾，对面菲茨赫伯特夫妇房间传来号子一般的鼾声，一男一女，节奏分明。迈克尔躺在床上，服完药后，微弱地呻吟着。他的马裤，已经满是污渍而且撕破了，挂在床尾一把椅子的椅背上。艾尔伯特点燃了一根火柴，将手好奇地伸入马裤的口袋中。感谢上帝这本猪皮封面的笔记本还在这儿！他把笔记本拿到了窗边，借助窗口微弱的光，开始缓慢地、一页一页地解读上面的条目，潦草的文字。似乎是从去年三月开始记录的，开始写的是在剑桥一次约会的地址，治疗瘟热的方法是从《乡村生活》中抄写下来的。备忘——需要网球拍。最后，有一页的条目上标记着"虫粉"，而在其对面的一页，他发现了要找的东西。一些用铅笔写下的歪七扭八的潦草的大写字母：

艾尔伯特　丛林　上　我的旗子

快点　圆圈^①**　往上　高**
　　快　找到了

　　写到这儿，就没有了。艾尔伯特读了几遍后，撕下这一页，并把笔记本放回了马裤口袋中。"丛林上面。我的旗子。快点。"他能感觉到迈克尔正在回头看他，试图告诉自己，他在悬崖的高处发现了一个重要的线索——如此重要以至于即使他在溪边失去了知觉，还竭尽全力地想要为艾尔伯特记下这些。"我的旗子。"想到那些小旗子，艾尔伯特走向床边，轻抚了被套上无力且满是青筋的手。"年轻的克伦多尔，非常粗鲁。"上校常常这样看待自己的马夫。这一刻，年轻的克伦多尔可是一点也不粗鲁，他穿着笨拙的靴子，小心翼翼地走出了迈克尔的房间。他确信不能浪费时间了，他让睡得迷迷糊糊的女仆把上校叫醒；那个还在梦乡中的小男孩，星期天一大早就被拖起来，半睡半醒地骑着家里的自行车，跑去通知伍登德警局。同时，艾尔伯特自己也骑着矮脚马，赶往悬崖路上的集合地与警察会合。因为平时协助警察的巡警巴姆菲尔和麦肯齐医生这次都没空，所以马其顿医院的库林医生同意陪同年轻的吉姆（吉姆手里夹着一本笔记本，遵照巴姆菲尔的严格指令，他必须将所有的东西都记录下来，同时还得保持沉默）带着担架和医药物品乘马车一同前去。

---

　　① 此处原文为 RING，在英文中有"戒指""圆圈"的意思。

当他们到达野餐空地，艳阳高照，艾尔伯特骑在前面，衬衫口袋里稳稳地装着先前那张从笔记本上撕下的纸。两个年轻人很快就找到了迈克尔的脚印，这正是早前星期六早上，他离开小溪走的路线。白色的小纸旗无力地挂在矮小的月桂树上，中午时分这些小旗一动不动。艾尔伯特已经是第一百次从口袋中拿出写满潦草字迹的纸。"在丛林上我的……""嗯……"警察虽然通常很鄙视门外汉，但却对此很钦佩。低声说："那么这些东西是他弄的，对吧？"

"哎呀，难道你认为是自己长的吗？"

他们一语不发地、吃力地向上走，沿着那些被踩踏、破坏过的蕨类植物走去，医生稍微有点落后，他穿着镇上穿的那双体面的、黄褐色的靴子，靴子很紧，小心翼翼地前行。"我真不知道，"警察说道，"一个刚来的小子是怎么爬到这儿来的？"

"一些英国人来这生活一段时间后，去丛林都不成问题。"库林医生说道。

"那个小子的头脑和胆量比我们三个人加起来都好使。"艾尔伯特说。

"都一样，"医生说，他的脾气随着肿胀的脚变得越来越糟糕，"我觉得我们是白费劲儿。显然，到昨天为止，这么久都没人找到线索，悬崖上肯定没有什么重要的线索。"艾尔伯特立即为朋友辩护，说："你不了解迈克尔，医生，如果他什么都没找到，他是不会记下他做过的事的。"但医生还是无动于衷，已经坐在了一块光滑的石头上。"吉姆，如果有什么发现，你就吹口哨，我会跟上来。"

艾尔伯特和吉姆像猎犬一样在丛林里搜寻。"看那块灌木，它是从哪里折断的？还是绿的。迈克尔星期六早上肯定是从这进的丛林。"确实如此。他们开始再次往上爬，一边沿着上山的小道走，一边大声咒骂脚下那些隐秘的岩石和洞。"他在笔记中写的'圆圈'是什么？钻石？你认为呢？"

艾尔伯特嗤之以鼻："更像是一圈石头。"

但是，吉姆还是幻想着钻石。"艾尔伯特，你忘了吗，学生中有一个可是女继承人。我们警察可是受过训练，从各个角度来侦查这种案件。"

"你最好看一下你要去哪儿，小吉姆。不然你就要走到悬崖边了——前面这块石头他们称为独块巨石。"

"我注意到了，"警察说着被一块松动的石头绊了一下，"告诉你吧，那上面的两块大圆石叫做平衡巨石。"迈克尔站在和独块巨石同一高度，他显然是拐到了左边。在万里无云的高空下，峰顶的锯齿状山脊如金子一般闪闪发光。

"太漂亮了，对吧？可以做一张美丽的明信片——哎呀，那边是什么东西，地上的？"

库林医生刚刚开始打盹，就被警察尖锐的口哨声惊醒了，穿上靴子后，他开始朝着发出哨声的地方走去。即使有艾尔伯特的帮忙，他慢得还是令人难以忍受，艾尔伯特快速地下山，脸色苍白，语无伦次地说着一个人躺在那儿，现在他正拖着医生穿过矮树丛和那些该死的岩石。当他们到达平衡巨石处时，吉姆正费劲地记下笔记和测量值——"医生，看来我们来晚了。太可惜了。"

"哦，闭上你的臭嘴。"艾尔伯特咆哮道。这会儿他情愿给吉姆一英镑，让他跑去矮树丛呕吐。这个小女孩，披着一头黑色卷发，脸向下，躺在一个倾斜岩架上，正好位于两块圆石的下方，她的一只手臂放在了头上，就像是在炎热下午熟睡的小女孩。她血迹斑斑的麦斯林纱紧身衣上面，聚集着成群的小苍蝇。大部分能看到的长卷发上面都沾满了血迹和灰尘。"如果她还活着，那真是个奇迹，"医生说，他跪在女孩身体旁边，用专业的手法按着软弱的手腕，"上帝呀，还有脉搏……她确实活着……虽然很微弱但是确实有。"他僵硬地站起来，"克伦多尔，你下去把担架拿来，我和吉姆留下，记录笔记，我准备把她抬走……吉姆你确定没有碰她也没有移动任何东西吧？"

"没有，先生。巴姆菲尔先生对触碰尸体的规定很严格。"医生严厉地说："小伙子，不是尸体，是个活的，还有呼吸的女孩，真是上帝保佑！在我们行动之前，最好再看一下你的笔记。"

没有任何挣扎或者受过暴力的痕迹。医生虽然没有对这个女孩进行全面的检查，但是，看来她显然没有受伤。奇怪的是，她光着脚，脚却非常干净，绝对没有任何擦伤或是瘀伤，虽然后来证实，大家在野餐空地最后一次看到艾尔玛时，她穿着白色的网状长筒袜，脚上穿着黑色羔皮鞋子，但是这些东西一样都没有找到。

　　吉姆·格兰特一回来就顺路去了伍登德警察局，向巴姆菲尔提交报告。星期天下午，艾尔伯特和医生库林把这个仍然没有意识的女孩送到了湖景区大门旁的园丁的小屋里，在园丁妻子的照顾下，这个地方成了一间很好的卧室。女孩穿着卡特勒太太的厚白棉布睡衣，身上散发着薰衣草和肥皂的香味，闭着眼睛躺在那张大双人床上，盖着一床拼接而成的被子。看起来就像是后来卡特勒太太对自己老公说到的那样："全世界都喜欢小洋娃娃。"精致的麻纱内衣，长内裤和紧身衣撕坏了，满是灰尘，"这些衣服镶的都是真正的蕾丝，可怜的孩子！"卡特勒把它们丢到大锅下，星期一早上把这些衣物烧了。令卡特勒太太大为吃惊的是，这个孩子从躺在悬崖上到被带到这儿来，居然都没穿紧身胸衣。卡特勒太太是一个羞怯的妇女，认为一位女士不应当着男子的面讲出"紧身胸衣"这个词，因此她没有对医生提及这件事。医生则简单地认为，这个女孩非常明智地脱去了那件愚蠢的衣服，去参加学校的野餐活动，依他之见，无数女性都抱怨穿这件衣服。因此消失的胸衣，这条有价值的线索既没有追踪也没有告诉警察。阿普尔亚德学院的学生都知道艾尔玛对衣着方面非常挑剔，她们也不知道这回事，二月十四日，星期六早上，她的几个同学看到艾尔玛穿着一件轻薄的长款法式绸缎胸衣。

　　女孩的身体没有被玷污，还是纯洁的。经过仔细地检查后，库林医生宣布女孩除了受到惊吓和阳光暴晒外，没有什么严重的问题。没有骨折，只是脸上和手上有些小伤口和瘀青。手上，尤其是指甲磨损得很厉害。脑袋的某个区域有瘀青，有脑震荡的可能；没什么事，但是他想有更专业的说法。"好的，真是上帝保佑呀！"菲茨赫伯特上校说，他在狭小的前廊上焦虑不安，"我和我太太觉得，利奥波德小姐能够走动之前，可以一直待在这儿。卡特勒太太是位一流的护士。"

傍晚时分，麦肯齐医生在回家的路上顺道看完迈克尔后，一路来到花园小屋，想和库林医生聊一聊，库林医生正要离开。"我同意你的看法，库林，"老头说，"这是个奇迹。照常理，病人早就死了。"

"我很想知道在悬崖上面发生了什么事，"库林说道，"另外两个女孩到底在哪儿？老师呢？"根据安排，麦肯齐医生在照顾迈克尔的同时，要接手照顾这个病人，如果有什么需要，迈克尔的护士还可以帮忙。"不会有什么需要，"麦肯齐医生笑着说，"我知道你家的卡特勒太太，上校。她会竭尽全力做好这些工作，而且也会很乐意。最重要的是休息。如果有可能的话，就算她恢复意识，也要保持内心平静。"

黄昏时分，库林医生十分满意地驱车离开了。"结局好一切都好，医生，今天谢谢你的帮忙了，这种事本来很可能出点麻烦。放心，我们马上就可以从报纸上知道整件事情。"

然而麦肯齐医生却没有如此自信。他回到卧室，站在那，沉思地看着枕头上那张苍白的心形脸蛋。他无法知道，人们复杂的大脑机制，特别是这些年轻娇嫩的孩子的大脑机制，会如何应对沉重的情绪打击。直觉告诉他，不管在海茵岩上有没有发生什么事，她肯定有可怕的遭遇，不是身体上的就是心灵上的。他开始怀疑，这不是一件寻常的事情。至于多么不寻常，他也不知道。

对于迈克尔而言，永恒的白天不知不觉地化为了永恒的夜晚。在那个黯淡的灰色区域，睡着和醒着毫无区别，在那里，他永无止境地寻找着一些未知的、不知名的东西。每次，当他想靠近，某些东西总是消失了。有时当它一闪而过，伸手去触摸时，他就会醒来，却只发现自己紧抓着床上的毯子。脚上一股灼伤隐隐作痛，随着头脑慢慢地清晰，灼痛感逐渐地减弱。他有时闻到消毒剂的气味，有时闻到从花园飘来的阵阵花香。当他睁开眼，总是有人在房里，往往是个陌生的女人，她好像穿着白纸，走动的时候发出嘶嘶啪啪的声音。这可能是他进入酣睡以后的第三天或是第四天。当他醒来时，除了床尾黄铜扶手上的一只白天鹅那儿散发出昏暗的光线，房间一片漆黑。迈克尔和天鹅毫不惊讶地对视着，直至这美丽的天鹅缓慢地张开翅膀，从敞开的窗口飘走。他再次睡着了，在阳光和紫罗兰的香味中醒来。一位年长的、胡须修剪整齐的男人，站在床边。
"你是医生，"迈克尔说，他第一次意识到是自己说话的声音，"我怎么了？"

"你狠狠地摔了一跤，脚踝受伤了，而且受了惊吓，虽然今天看起来好多了。"

"我病了多久？"

"让我想想。从他们把你从海茵岩带回来，现在肯定有五六天了。"

"海茵岩？我在海茵岩干吗？"

"我们以后再说这件事，"麦肯齐医生说，"我的好小伙，不要担心。担忧对病人不好。现在让我看看你的脚踝。"

在包扎脚踝时，迈克尔说："我是从阿拉伯马上摔下来的吗？"接着又睡着了。

第二天早上，当护士拿早点给他时，他正在坐起来，大声、清晰地叫喊着艾尔伯特。

"我们马上就会好起来的！趁着茶还很美味又很热，马上喝吧。"

"我要见艾尔伯特·克伦多尔。"

"哦，你是说那个马夫吗？他每天早上都会来看您，真是太忠诚了！"

"他通常什么时候过来？"

"吃完早餐后，但是你还不能见客，你知道，这是菲茨赫伯特先生和麦肯齐医生的指示。"

"我不关心他有什么指示。我一定要见艾尔伯特，如果你不帮我传话，我就下床，自己去马厩。"

"好的，好的，"护士说道，脸上露出了一个专业的微笑，这让她看起来像个牙膏广告的代言人，"不要激动，否则他们会怪罪我的。"这个极其英俊的年轻人那双异常闪亮的眼睛让护士补充道，"把早饭吃完，我去请你的叔叔。"菲茨赫伯特上校被召唤到了床边，他像走在蛋壳上那样，小心翼翼地走进来，脸上带着走进病房该有的忧郁，看到病人已经坐起来，而且气色很好时，他欣喜若狂。"太好了！你今天早上看起来状态很好，对不对，护士？那么，我听说的想要见客是怎么回事？"

"不是很多访客，只有艾尔伯特。我想见艾尔伯特。"他再次把头搁在枕头上。

"你是劳累过度，"护士说道，"如果我的病人和那个马夫说话，肯定会很激动，到时麦肯齐医生肯定会责怪我。"

"这姑娘不仅长得不怎么样，而且还蠢得跟头驴似的，"他意识到有什么他不理解的事正在发生，于是断定道，"不用担心，迈克尔，我会让艾尔伯特过来见你十分钟。护士，如果有什么事我负责。"

最后，艾尔伯特来到了迈克尔的身边，身上一股绞盘香烟和新鲜干草的气味，他一屁股坐在床边的一把椅子上，好像那把椅子是头不安分、看到他来了想转头就跑的马儿。他以前从没有作为一个正式的访客来拜访病人，看到一张没有躯干的脸，下巴以下被叠得方方正正的被子盖着，他一下子不知道怎么开口和迈克尔讲话。"你那个讨厌的护士……一看到我进来，就去忙自己的事了。"不管怎样这是一个好的开头。连迈克尔也微微地咧嘴一笑。友谊瞬间涌上两人的心头。"见到你真好。"

"介意我抽烟吗？"

"抽吧。他们不会让你在这待很久的。"以往让他们舒适的沉默，慢慢地回到他们之间，就像是猫回到了公共壁炉，于是他们又心有灵犀了。"看，"迈克尔说道，"我想知道很多事情。昨晚我的头还是昏昏沉沉的，我不能正常的思考。我姊姊来这儿，开始和护士聊天——我觉得她们以为我睡着了。突然我头脑就清醒了。我好像是独自回到了海茵岩，这谁也不知道，我只告诉了你一个人，是吗？"

"是的，去寻找那些女孩……放轻松，迈克尔，你看起来不太好。"

"我找到了一个女孩，对吗？"

"对的，"艾尔伯特再次说，"你找到了一个女孩，她现在住在门房，活蹦乱跳的。"

"是哪个？"迈克尔问的声音很低，艾尔伯特差点没听到。那可爱的脸蛋——当他们把她抬下悬崖，即使是躺在担架上还是那么可爱，现在常常浮现在他的脑海。"艾尔玛·利奥波德。那个披着一头黑色卷发的小女孩。"

房间里很安静，当迈克尔面对着墙壁躺着时，艾尔伯特甚至都能听见他沉重的呼吸声。"那你就没什么好担心的了。"艾尔伯特说，"只要赶紧好起来……好家伙！他昏过去了！那讨厌的护士去哪儿了……？"十分钟的时间到了，她回到了床边，拿着瓶子和勺子忙活着。艾尔伯特走出后门时撞见了她，随后带着沉重的心情向马厩走去。

第九章

悬崖上惊现女尸——女继承人获救。再一次，学校谜团登上了报纸的头条，人们都带着最狂野的想象，对此添油加醋。获救的女孩现在还躺在湖景区，不省人事。迈克尔·菲茨赫伯特现在也还没有完全恢复，不便问话。这一切又给谣言火上浇油，紧接着恐怖的谣言四起。警察又开始在现场不管有没有可能的地方搜寻，从墨尔本来的人也加入了搜寻工作。警犬和土著向导也开始在可能性很小的地方搜寻，如排水沟、空树洞、暗沟、水潭，还有一个废弃的猪圈里，上周日，有人看见过这儿有轻微动过的迹象。他们竭力想要挖出一条线索来探寻其他三个受害人的命运。一位吓得半死的男学生发誓，在黑森林中的井底，看到过尸体，其实他看见的是——小母牛腐烂的尸体。如此，等等。巴姆菲尔警官仍然在一丝不苟地研究着那满是未解决问题的笔记本，如果发生一起新的谋杀案，他也可以接受。

在阿普尔亚德学院，星期一早上做完祷告后，校长正式简短地宣布了艾尔玛获救的消息；在第一节课之前，足足给他们预留了一小时的时间来消化这件事。一阵死寂之后，学生们有的放声大笑，有的喜极而泣，以前很少说话的同学开心地抱成一团。楼梯上绝对禁止闲荡，波蒂尔斯小姐正巧在这里碰到布兰奇和罗莎蒙德，她们含泪抱成一团——"哦，孩子们，此刻不要哭"，随后，她感觉自己的眼泪也快要流出来了。厨房里，厨师和明妮高兴地喝着黑啤，粗呢门的另外一侧，多拉·拉姆利一把抓住自己脖子上廉价的蕾丝围巾，就好像她也是从岩石上被解救过来一样。汤姆和怀特海先生在有盆栽的小木屋里，开始的时候，一阵高兴，随后，他们谈到了普通的谋杀案，也说到了开膛手杰克①，但是园丁怀特海先生沮丧地意识到要回草坪做事了。直到中午的时候，像早上的这种欣喜释怀的反应都很常见。但下午的课上，同学们也只是窃窃私语。在老师的休息室，发现艾尔玛的事情只字未提。好像大家都公认，丑陋的现实要模糊，而使之模糊的这层薄薄的面纱要完整。只有校长，紧锁房门，自己在书房里，冷血地仔细研究这件事情的转机。由于失踪的四人只发现了其中的一个，这种情形对学校来说是极为不利的。

有地位、有权力且意志坚强的人通常能够处理事实。不管

---

① 开膛手杰克，是 1888 年 8 月 7 日到 11 月 8 日间，于伦敦东区的白教堂一带以残忍手法连续杀害至少五名妓女的凶手代称。犯案期间，凶手多次写信与相关单位挑衅，却始终未落入法网。其大胆的犯案手法，又经媒体一再渲染而引起当时英国社会的恐慌。至今他依然是欧美文化中最恶名昭彰的杀手之一。

事实有多么不可思议，都可能通过其他的事实来解决。但是问题的气氛要恐怖得多，报社把这种气氛叫做"局势"，"局势"又不能分类参考，也不能从档案柜里找到合适的答案。在聚集的任何场所，不管有没有原因，人们都有可能一夜之间制造出这种气氛。在凡尔赛宫、彭特里奇监狱，在精选的女子学校，每一小时，深藏在内心的恐惧带来的不良影响都会不断加深。

难以入睡的一夜后，第二天清晨，校长醒来了，她觉得头疼，像是刺猬的钢卷针刺在她的头顶。从午夜到黎明，简直就是煎熬，带着一些顾虑，她做了一个决定，她决定放松放松纪律，对日常的事物做些改变。因为她的这个想法，学生们卧室墙上很快重新铺上了草莓红的墙纸，大钢琴搬到了长客厅里。有一天晚上，学院请来了从伍登德的牧师住宅区驱车而来的劳伦斯牧师和他的妻子，在长客厅里放圣地的幻灯片。这天，怀特海先生精选的绣球环绕着火炉，女仆们戴着长尾帽，穿着褶边围裙，端上了咖啡、三明治和水果沙拉。这个场面完美地展现了这所上流社会寄宿学校的富裕以及良好的教育。劳伦斯夫人，因为偏头痛，就先回去了，她莫名其妙地有点郁闷。吃力不讨好的是，高年级的学生在一个老师的带领下，坐火车去本迪戈听一场歌剧《天皇》。她们回来时闷闷不乐，因为当她们一坐上前排的座位，人们就开始小声议论。她们感觉她们也是演员——学院谜团的表演者，于是迫不及待地想早点上马车回去。

校长意识到，这些安排都是决策性的失误，于是，用更严厉的方式，对那些平常喜欢唧唧喳喳的员工限制得更严，在没有教师参与的情况下，禁止一起私密地进行讨论。自此以后，穿着夏天的校服，戴着丑陋的草帽的女孩们排成两列，现在两两一起蜿蜒前行在本迪戈的公路上，按照新规，这些女孩如被铁链拴在一起的囚犯一样，咬牙切齿地保持沉默。

复活节就快到了，这学期也快接近尾声了。夏天的花正在凋谢，一天早上，屋子旁的小溪边，柳树边缘处点缀着一点金黄。校长感受不到花园里秋天的快乐，对她而言，花床和草坪只是名望的象征。花园里干净整洁，看到这一排排艳丽的花朵，墙外公路上的过路人都羡慕不已。校长书房的窗外，树叶微微落下，提醒着时间的流逝，但是对校长来说，这没必要。自从野餐后，已经过去一个月了。阿普尔亚德太太最近在墨尔本待了几天，但大部分时间都是在街区警察局总部。警察局的公布栏上醒目的大字是：失踪，可能死亡。下面是一些详细的介绍，附有米兰达、玛丽恩和格丽塔·麦克劳三张极为劣质的照片。死亡这两个大字跃然纸上，格外引人注目。"对的，很有可能已经死亡，但是也极有可能没有死。"高级侦探说，他和女校长在闷热的房间里密谈了两个小时，他还说："女孩们可能被绑架了，或者被引诱，或者被抢劫，或者比这更加糟糕。""或者什么？"校长紧咬着嘴唇，心中充满了恐惧，而且难以忍受这个房间里的闷热，她问道，"可能会更糟糕，我可以问问吗，更糟糕的是什么？"看来，她们有可能在悉尼的妓院里被找到：有显赫背景家庭的女孩，如果无缘无故就失踪了，而且找不到什么线索，这种事情在悉尼时有发生，但在墨尔本很少发生。阿普尔亚德太太直打哆嗦。"她们都是很聪明很有教养的女孩子，她们绝不会接受陌生人随随便便的亲密行为。"

"实际上，"侦探殷勤地说，"很多年轻的女孩都不会接受一个喝醉酒的海员的蹂躏，如果这就是你心里所想的话。"

"这在我的脑袋里没有概念。关于这种事情，我知道的太少。"侦探用那个粗大的被烟熏黄了的手指敲了敲桌子上方。这些完美的淑女也是诱人的魔鬼。尽管他把情况想得不体面，但是他还是觉得有这个可能。他说，虽然声音很大，但却很温和，"的确，在这种情形下，也不太有这个可能。但是，我们当警察的要考虑到所有的可能性，因为自从那件事情发生起，就没有找到什么线索。二月十四日，如果我没有记错的话。"

"是的。圣瓦伦丁节。"

此刻，他想，这个老女人的头是不是快要爆炸了。她的脸显现出很不高兴的样子，而且呈暗红。他不想她就这样昏倒过去，于是，他站起来，宣布结束这次无结果的见面。阿普尔亚德太太跟跟跄跄地走到了洒满灯光的街道上，谈话是结束了，但是噩梦还在继续，一片失眠药无法驱除噩梦，在宾馆喝一两杯白兰地更没效果。

回到学校，还有一大堆的烦心事情堆积在那里。她不在的这几天，一个女学生的父亲来过，以一个貌似合理的理由，当场把他的女儿接回家去了。格丽塔·麦克劳在危急的时刻，通常表现出出乎意料的精明，但也实际。现在，没有格丽塔·麦克劳的帮忙，波蒂尔斯小姐不得不听从那位父亲的要求，派拉姆利小姐给穆里尔小姐打包，并把她的行李箱送到墨尔本。更糟糕的是，阿普尔亚德太太一回来，在大厅刚脱掉帽子，波蒂尔斯小姐就递交了辞职信，"因为我与路易斯·蒙彼利埃过了复活节就要结婚。"校长第一眼就能了解一个人，她第一眼看到波蒂尔斯小姐时，她就认为，波蒂尔斯小姐在所有员工中，绝对是学校的社交资产，是不能轻易替换的。格丽塔·麦克劳的位置已经被一位满面春风的年轻人所取代，她刚毕业，长着一口龅牙，学生们一听到这个名字——巴克，就一直不喜欢她。格丽塔·麦克劳客观的厉声质问从未伤害过任何一个犯错者。

今天晚上，阿普尔亚德太太的桌子上有一堆待回复的信，尽管她很疲惫，但是在上床睡觉之前，必须要看完。谢天谢地，没有来自昆士兰的邮戳！她首先打开的是一位妈妈从澳大利亚南部的来信，由于家里有急事，所以马上送她的女儿上阿德莱德快车，让她回家。这个女孩的族人很有钱，家里有事！我呸！而且是备受尊敬的公民。他们到底听到了哪些胡言乱语，在郊区的豪宅里自以为是？她从碗柜上拿了白兰地，在注意到底下利奥波德先生的电报之前，又打开了两封信。利奥波德的电报是几天前从孟加拉——这个被上帝遗弃的地方发来的，信上语气的强硬根本不像平常利奥波德先生那种华丽的写信方式。**决不让我的女儿回阿普尔亚德学院。信件随后寄到。**

阿普尔亚德太太以这种方式失去了她最富有、最令人羡慕的学生，她感到身体有点虚弱，几乎生病了。这种新灾难的暗示很危险而且没完没了。几周之前，牧师的妻子对阿普尔亚德太太说过："艾尔玛是个迷人的女孩，在她二十一岁的时候，可能身价五十万，我很理解……她的妈妈是罗斯柴尔德家族①的。"而来自屠夫和杂货店的大账单就让人烦恼一整天。

　　虽然已经很晚了，她觉得有必要拿出学院的总账本来看看。几个学生的费用是还没有交。尽管常识告诉她，依现在的情况看，米兰达或者玛丽恩·奎德的法律监护人不可能提前支付下学期的学费了，她还指望利奥波德支付一大笔额外的开销——舞蹈、画画、每月去墨尔本听音乐会，这些费用给学院带来可观的利润。在整齐的页面上，另外一个名字很显眼：萨拉·维伯恩。萨拉的那位难以捉摸的监护人有好几个月都没来她的办公室了，从皮夹子里拿出现金是他一贯的付费方式。到目前为止，萨拉整个学期的额外费用都还没有交。科斯格罗夫先生总是穿着显贵，离开她的办公室后总是留下古龙水和摩洛哥羊皮的味道。

　　如今，每次看到萨拉拿着一本书，趴在花园里，这足以让校长的怒气蹿到枯瘦衣领下的脖子上来。这张小尖脸，多少是一种说不出的疾病标志，学院里的每个学生都不同程度地患有这种疾病。如果是张柔弱而孩子气的圆脸，那校长可能不会对

---

① 罗斯柴尔德家族是欧洲乃至世界久负盛名的金融家族。它发迹于 19 世纪初，其创始人是梅耶·罗斯柴尔德。

她产生憎恨感，而是会同情她。这种憎恨感看似弱小无力，但是却有着一种隐秘的核心力量——一种如校长那样刚强的毅力。有时候，在校长上完体育课赶往雕塑课的途中，看见萨拉在教室里低垂着头，一种难以言表的酸味突然间让她说不出话来。这个讨厌的小孩，从外表看来，很听话、很有礼貌而且很勤奋；只是她的大眼睛透露出捉摸不透的痛苦。半夜过后很久，她起身，把总账本放回抽屉里，沉重地爬上楼。

第二天早上，萨拉已经准备好去上维兰格太太的美术课，但是却被召唤去了校长办公室。

"我叫你来，萨拉，是因为有一件重要的事情想对你说。站直，仔细听我说。"

"是，阿普尔亚德太太。"

"我不知道你是否知道你的监护人已经有好几个月没有给你交学费了？我依照他平常的银行地址写过信了，但是每次，我的信都会从死信办公室打回来。"

"哦。"这个小孩面不改色。

"你最近一次收到科斯格罗夫先生来信是什么时候？请仔细地想想。"

"我记得很清楚。是圣诞节的时候——那时候，他问我可不可以在学校过圣诞节。"

"我记得，这是极为不便的。"

"是吗？我还想为什么他这么久没有来信了？我想买些书和更多的水彩笔。"

"水彩笔？这让我想到，因为对于这件不幸的事情，你也帮不上我，我会告诉维兰格太太，停掉你的美术课，就是从今天早上的这节课开始。请注意，你抽屉里的所有画画的材料都是学校的公物，一定要交还给拉姆利小姐。你的袜子是不是破了个洞？你最好是去学缝纫，而不是在这里整天抱着书和水彩笔。"

萨拉刚走到门边就被叫回来了。"我忘记告诉你了，如果到复活节，我还没有收到你监护人的钱，那我就得对你的课程另作安排了。"

第一次，小孩的眼睛里闪烁出不一样的表情。"什么安排？"

"这还有待决定。还有社会福利机构。"

"哦，不，不，不要这样，不要再这样。"

"萨拉，一个人必须要学会面对现实。毕竟；你现在已经十三岁了。你可以走了。"

维兰格太太是从墨尔本请来的客座美术教师，就在她们在办公室谈话的时候，她正坐在汤姆敏捷驾驶着的马车上经过伍登德，这位身形娇小的女士，像溺水的水手，紧紧地抓住汤姆。她经常带的东西就是：一本速写本、一把伞和一个满满的小旅行包。旅行包里放的东西总是一成不变的：西塞罗头的石膏模型用绒布睡衣包裹，以免鹰钩鼻在咯咯作响的墨尔本火车上碎裂，这是给高年级学生上课用的；脚的石膏模型，这是给低年级上课用的；一卷美术用纸；一双简单的羊毛绒拖鞋和一瓶白兰地，这是自己用的。（如果维兰格太太和阿普尔亚德太太进行交谈，白兰地酒的味道是她们共同讨论的唯一话题。）

"汤姆，现在你心爱的人怎么样了啊？"在驶入橡树树荫下的公路时，健谈且和蔼可亲的美术老师说。

"实话告诉你，女士，我和明妮想在复活节的时候告诉校长，不想待在这里了，你知道我是什么意思的。"

"我知道，汤姆，听到这个我很难过。尽管我对每个人都说，最好忘掉这件事。但是你简直都无法想象，在这个城市，人们是怎么样谈论这件可怕的事情的。"

"你说对了，女士，"汤姆很赞同，"我和明妮到死都会记得米兰达小姐和其他几个可怜的人。"

当马车驶入学院的大门口时，美术老师正好看到了她最喜欢的学生——萨拉在草坪前，她轻快地挥舞着雨伞。"早上好，萨拉。不，谢谢，汤姆，我自己来提我的旅行包，来这里，小朋友，我从墨尔本给你带来了一盒很可爱的新水彩笔。我怕有点贵，但是我想你应该可以接受……你今天早上看起来有点闷闷不乐。"

听了萨拉不幸的消息后，维兰格太太表现得很有特点。"不上美术课了？胡说八道！我是一点儿也不担心你的费用问题。我要直接去找阿普尔亚德太太，告诉她，你很有天赋，离上课还有十分钟。"

书房门关上了，里面发生的事情已经没有必要详细地描述了。两个人第一次也是最后一次，脱了手套，面对面地站着。

当两人都相互说完礼貌性的话语后，战争开始了。热心肠娇小的维兰格太太，用各种谴责的话猛击阿普尔亚德太太，边说还边危险地挥舞着伞；阿普尔亚德太太卸掉平常的那种冷静，和她争得面红耳赤。最后，美术教师猛烈地关上了门，虽然她因学院的一些专业制度受了打击，但是她是道德上的胜利者，她高耸着胸膛，站在大厅里。汤姆被召唤过来了，维兰格太太拿着伞，旅行包里的西塞罗仍然用睡衣包裹着，被提进了马车，这是最后一次，汤姆驾着马车送维兰格太太到车站。

在一阵不寻常的沉默后，维兰格太太用彩色粉笔在碎纸上写了些什么，她给了汤姆半克朗的钱和一个信封，上面写着——给萨拉，而且越快越好，不能让阿普尔亚德太太知道。汤姆很乐意帮忙。他对娇小的维兰格太太就像对萨拉一样，极为温柔。第二天早上，他时刻注意着把信交给萨拉的时间，所有学生吃完早饭后，要在花园里集合半小时。但是，出乎意料的是校长派给他一个差事，他就忘了信的事情了。

几周之后，他偶然看到信折皱了，放在抽屉底，明妮借着蜡烛的光，读给他听。这让他们俩半夜都没睡觉。明妮很聪明地说，这个事情有什么好担心的呢，还这样魂不守舍？在这样的情况下，没有把信送到，不是汤姆的错。她写道："亲爱的孩子，阿普尔亚德太太把什么都告诉我了——多么荒唐！这封信是想告诉你，只要你愿意，我想让你到我这里来，和我一起去我在东部墨尔本的家——附上地址。如果你的监护人在复活节前的星期五还没有来信，请告诉我，我会给你安排坐火车。

不要担心美术课，只要你有时间，坚持画画，就像列奥纳多·达·芬奇那样。你的朋友，维兰格太太。"

维兰格太太戏剧性地退出了学院，这加剧了这些天的紧张感。尽管学院有严格的要求——保持沉默，在没有教师参与的情况下禁止三三两两聚在一起讨论，但是，发生在办公室的场景让萨拉受到了批评的事情，还是在夜晚来临之前就散播开来了，因为她们相互传递了折皱的纸团，或者用一些其他的方法。萨拉，还是和平常一样，什么也没说。"像牡蛎一样爬，"伊迪斯自然历史课很差，她说道。"如果我们的美术老师不年轻漂亮，"布兰奇说，"我不会上美术课，看着那些五颜六色的粉笔灰在我的指甲上我就觉得恶心。"多拉·拉姆利催促道："女孩们，你们没有听到穿衣服的铃声吗？马上上楼去，依次站好，准备好上课。"

几分钟之后，她们还是磨磨蹭蹭，拉姆利小姐来了，看到萨拉蜷缩在通向尖塔的环形楼梯的门边。她想，萨拉可能在哭，但是太暗了，看不清她的脸。当她们借着悬挂着的灯的亮光走上去的时候，萨拉像一个迷路的、饿得半死的小猫。"怎么啦，萨拉？你生病了吗？"

"我没事。请走开。"

"人们不会在茶点时坐在冰冷的石头上，只有她们头痛的时候才会这样。"拉姆利小姐说。

"我不想喝茶，我什么也不想要。"拉姆利嗤之以鼻，"算你幸运！我只是希望我也能够这样说。"她想："这个可怜的哭诉的小孩。这个恐怖的房子……"她决定就在今晚给哥哥写信，要他帮忙找一份工作。"不要是寄宿学校。我告诉你，我再也受不了了，雷格……"她强忍住不尖叫出来，她听到下面的空房间传来了早茶时间的铃声。在黑暗的长客厅里，老鼠活蹦乱跳，在裹沙发和椅子的布中钻来钻去，它们也都听到了铃声。"你听到了铃声吧，萨拉？你身边都是蜘蛛丝，你不能再这样下去了。如果你不饿，最好回到床上去。"

　　萨拉和米兰达两人的房间还是没变——这是这座房子中最隐蔽的一间房间了，有长长的窗户，可以直接看到花园，还有玫瑰格的窗帘。自野餐的那天起，依照阿普尔亚德太太的指示，房间里的一切照旧。米兰达柔软漂亮的衣服仍然整整齐齐、一排排地挂在雪松做的橱柜里，萨拉看得目不暇接。米兰达的网球拍仍然倚靠在墙边，那天，米兰达和玛丽恩在一个夏天的下午打了球，心情很愉悦，兴高采烈地跑回楼上，放下球拍。椭圆形的银制相框中镶嵌着米兰达珍贵的照片，放在壁炉台上。抽屉里塞满了米兰达情人节收到的礼物，水晶花瓶放在米兰达的梳妆台上，萨拉常常在花瓶里插上一朵花。萨拉常常假装睡觉，躺在床上，看着米兰达借着蜡烛的微光梳理她那亮闪闪的头发。

　　"萨拉，你还醒着吗，你这个淘气的小女孩？"从如湖的镜面可以看到她的微笑。有时候，米兰达会用一种特别不搭调的嗓音唱歌，这个歌曲有点奇怪，是关于她的家庭的，只有萨拉能懂：一匹喜爱的马，她哥哥的凤头鹦鹉。"总有一天，萨拉，你会和我一起去车站，看看我甜蜜快乐的家人。你想吗，小女孩？"哦，米兰达，米兰达……亲爱的米兰达，你在哪里？

最后，夜晚降临在这个没有睡意的、寂静的房间里。在南边的房间里，汤姆和明妮手挽着手，小声说着永远说不完的情话。阿普尔亚德太太在取她的卷发夹。多拉·拉姆利嘴里吃着薄荷糖，趁着头脑发热，写了一封长长的信给她的哥哥。新西兰姐妹蹑手蹑脚地爬上床，一人睡一边，紧张分分的，害怕即将到来的地震。波蒂尔斯小姐的房间里还亮着灯，虽然吃了有效的拉辛，但是在孤独的烛光下，还是没有起到催眠的作用。萨拉还是很清醒，一直盯着这可怕的黑夜。

现在，在昏暗的月光下，负鼠在石板做的屋顶上阔步行走。松鼠和野猪也在低矮的塔基上到处乱窜，黑暗映衬出了灰色的天空。

第十章

对野餐以来进行宏观观察的读者应该发现，处在周边的个人慢慢地卷入了日益扩展的事态当中：维兰格太太，雷格·拉姆利，波蒂尔斯小姐，明妮和汤姆，所有人的生活被扰乱了。同样生活被扰乱的还有无数小动物——蜘蛛，老鼠，甲壳虫——仓皇逃窜，钻进地底，惊恐撤离，跟人类受到的影响差不多，只是规模小一点。突然间，在阿普尔亚德学院，当圣瓦伦丁节清晨第一束阳光点燃了大丽花，学生们早早起床，开始天真地交换卡片和爱意的时候，这个事态就已经开始了。直到现在，三月十三日，星期五晚上，事态还在蔓延；还在更深入、更强烈地扩散，始终没有完结。在马其顿山的低处，事态仍在向高坡上蔓延，虽然色彩要淡一些。高坡上湖景区的居民们尚不知道自己的领地已是喜忧参半、光影交织，他们像往日一样做着自己的事情，不知不觉地将自己的私人生活的线，编织、缠绕进了一幅复杂的挂毯中。

两个病人的身体都在顺利地恢复。迈克正在享用培根和鸡

132

蛋的早餐，医生已经宣布艾尔玛恢复了，可以接受巴姆菲尔警官提出一些温和的问题，同时，医生告诉大家，目前女孩还不记得在悬崖上发生的事情；而且，麦肯齐医生以及来自悉尼和墨尔本的两位有名专家都认为她以后也不会记起来。显然，脆弱的大脑结构中的某个部分，遭到了不可恢复的损害。"时钟会在某些特定的异常状态下停止，并且停在一个特定的点不再转动。我家就有这样一个时钟。停在了某个下午的三点……"然而，巴姆菲尔打算去小屋见见艾尔玛，用他的话来讲就是"推它一把"。

上午十点钟会面开始了。警官坐在床边的椅子上，胡子刮得干干净净，准备好了铅笔和笔记本。时至正午，他一边喝着茶休息，一边抱怨着白白耗费了两个小时，几乎没有任何收获。最起码从专业角度来看是一无所获，尽管他很感激有一位如此年轻漂亮的姑娘时不时地朝他悲痛地微笑。"好了，利奥波德小姐我要走了，如果你突然想起了点什么，就给我传个信，我会立马赶过来。"警官起身离开，带着没有完全表露的不情愿，他把橡皮筋重新绕回到笔记本的空白页处，骑上那匹高高的灰色马，慢慢地骑回家，回到家后花了一个小时吃完晚饭，情绪低落，即使是他最爱的梅子派也没有让他感到丝毫兴奋。

接下来的星期六下午，马其顿有小道消息说小楼又来了位访客：一位女士，穿着淡紫色的丝绸衣服，美丽如画，坐在双轮马车里，驾马车的是个外国男士，留着黑色的小胡子，他在马纳萨斯的商店问去湖景区的路。在马其顿的每个人都知道卡特勒太太照顾着神秘学院的女主角，是菲茨赫伯特上校的侄子把她救回来的，他侄子是从英国来的，长得很英俊。事情的最新动态，生动得足以使马其顿整个村庄一遍又一遍地八卦、猜测。谣传菲茨赫伯特上校的侄子弄断了所有的门牙，登上了一座六十英尺的哨壁。他疯狂地爱着这个女孩。这个可爱的小女继承人之前在墨尔本做了二十几件雪纺绸的睡袍，躺在小楼的床上，身上戴着三串珍珠。

　　实际上女继承人那堆可怕的摩洛哥皮革行李还放在卡特勒太太的门厅，还没打开。波蒂尔斯小姐深情地认为，如果有哪个人即使是裹着一件褪色的日式和服，看起来也是那么美丽、那么时髦，那一定是艾尔玛这个美人儿。空荡荡的小房间里，绿园子里的光束透过合上的百叶窗，在白色墙面上和铺着拼接床单的巨大双人床上泛起涟漪。夏日里柔和的空气如水一般地抚摸、治愈她们。她们哭了一会儿，亲切地拥抱了很长时间，第一次激动的问候后，她们忘却自我，安静地沉浸在同样的忧伤中。有那么多要说，但能说或是愿说的却是那么少。悬崖的影子沉甸甸地落在了她们的心上。事情无法用言语描绘；也不能用情绪表达。波蒂尔斯小姐先回到了夏日下午的平静现实里，她温柔地拉开了百叶窗，此时，眼前出现了宁静的花园。窗外无数只窃窃私语的鸽子停驻在榆树的垂枝上。

　　"让我看看你？"深红色的发带松散地绑着长长的卷发，使得一些头发散落在脸旁，这苍白的小脸几乎和卡特勒太太的白棉布枕头一样白。"太苍白了，但还是那么漂亮——还记得，你把天竺葵花瓣抹在嘴唇上时，我是怎么责备你的吗？但是听着！我有好消息要告诉你！"戴安娜张开的手上戴着一枚法国古董戒指，在拼接床单的衬托下，闪烁着五彩缤纷又耀眼的光芒，此时，艾尔玛脸上的酒窝犹如星星一样浮现。"亲爱的小姐！我太高兴了！你的路易斯先生是个可爱的人！"

"哎呀！你是不是已经猜到了我的秘密？"

"我不是猜到的，亲爱的戴安娜——我知道的。米兰达过去常常说用脑袋猜，用心去了解。"

"啊！米兰达，"戴安娜叹息地说道，"才十八岁，而且那么聪明，……"当米兰达披着闪亮的头发走过草地的画面，浮现在她们脑海，她们再次陷入了沉默。卡特勒太太对这位优雅的波蒂尔斯小姐一见如故，现在端着一盘草莓和奶油过来了。"亲爱的卡特勒太太！没有她，我该怎么办呀？还有菲茨赫伯特一家人——每个人都是这么善良？"

"那，那位英俊的侄子呢？"波蒂尔斯小姐很想知道，"他也一样善良吗？哦，报纸上介绍得那么好！"

艾尔玛对这个侄子无话可说，只听说还是很虚弱不能外出。"你不记得了吗？戴安娜，我只见过迈克尔·菲茨赫伯特一次，还是野餐那天远远地看了一眼。"

"就算是眨个眼，女人也能获取所有必要的信息，"波蒂尔斯小姐评论道，"天哪！我第一次看到亲爱的路易斯的后脑勺，我就对自己说：'戴安娜，这是你的男人。'"

恰巧，此时迈克正躺卧在草坪上的一把折叠式躺椅上，长腿上裹着婶婶马车上用的毛毯。在倾斜的草坪的远处是个湖，湖面上布满了绽放的、花瓣呈碗状的睡莲花，这些花如抛过光的白镴，映衬着午后的光芒。那里传来了艾尔伯特响亮的叫喊声和咕噜声，卡特勒先生撑着一只方头平底船穿过睡莲，寻找着湖中的杂草。在明亮的蓝天下，他总会想起他在马其顿的夏季，一朵朵小白云像羊毛似的，越过山顶，划过高高伫立的松树林。生病以来，他第一次对周围的事物隐约地感到一阵雀跃。

　　"哦，迈克尔，你在这里呀！终于可以呼吸呼吸新鲜空气了！"菲茨赫伯特太太撑着阳伞走过来、带着垫子和刺绣坐了下来，"明天应该让你见见客，高兴高兴。你还记得政府小楼的安琪拉·斯普莱克小姐吗？"然而，侄子一点都不期待和那位叫斯普莱克的姑娘促膝长谈，他只记得她那双跟针一般细的腿和她那张涂得白皙又粉嫩的脸，让他想起，哈丁汉姆庄园的一个餐厅里挂着的那幅雷诺矫揉造作的肖像画。

　　"我真是不知道，你为什么对可怜的安琪拉如此刻薄。"

　　"我也不想这么刻薄。都是我的错，我觉得斯普莱克小姐——怎么说呢——太英国范儿了。"

　　"太英国范儿，在胡扯什么呢？"上校问道，他正从丛林走出来，带着西班牙猎犬，"到底是什么鬼东西让一个人太过英国范儿了？"

　　然而，迈克觉得不应将争论上升到国际问题上。第二天下午，政府小楼的访客就莫名其妙地到了。斯普莱克小姐正如迈克尔所料——属于在乡间舞会上，他妈妈会哀求自己请她共跳华尔兹的那种女生。当少校他们驾着双轮马车行驶在大街上时，"愚蠢的安琪拉，"这位少校抱怨道，"你不知道这个年轻人是整个英格兰最好的对象人选之一吗？很好的古老家族。每天都是头条……大量的钱。"

"他都不愿和我说话，那我有什么办法，"难过的女孩叹息地说道，"你自己也看到了下午是怎么一回事。我肯定他不喜欢我，事情到此为止了。"

"真是个脑袋生锈的傻瓜！你就没有半点社交观念吗？我肯定住在湖景区小楼那个小美人，不管她是不是女继承人，都会去试试追求令人尊敬的迈克尔。"

迈克尔尽责地帮忙把这些令人讨厌的腿塞进双轮马车后，立马决定在晚餐前去湖边散步。像所有无聊的客人一样，斯普莱克一家人在这待太久了，现在天空出现了斑点状的晚霞，在余晖下，湖水平静而可爱。他转身背对着离去的双轮马车，听到湖边传来哗啦哗啦水声时，他正摇摇摆摆地穿过草地，湖边的橡树下，一个穿着白色连衣裙的女孩站在一个巨大的蛤贝旁，这蛤贝是鸟儿们的澡盆。虽然女孩的脸转过去了，但是从她脑袋倾斜的体态，迈克尔立刻认出了她，迈克尔开始跑向女孩，心中带着股害怕，这害怕令人厌恶，他害怕就像在那些烦人的梦里一样，每次没等他走过去，女孩就走了。迈克尔几乎都能摸到她的麦斯林纱裙子，这时它们突然变成白天鹅颤抖的羽翼,他的注意力被水龙头喷射出的闪光物所吸引。当迈克尔坐到不远处的草坪上,天鹅几乎直立地站在了蛤贝上,一片彩虹散落下来,紧接着天鹅飞过湖对岸的柳树。

迈克尔觉得身体在一天一天地好起来,而且腿也一天比一天灵活。"我认为,"他婶婶说,"迈克尔最少应该礼貌性地拜访一下利奥波德小姐。迈克尔,毕竟是你救了她一命。这只是有没有礼貌的问题。"

"一位非常美丽的姑娘,"上校说,"如果我和你一般大,我早就带着一瓶酒和一束花去敲她的门了。"

迈克尔知道他们提议去拜访是正确的。再也不能拖了,第二天下午就派艾尔伯特去送信了,利奥波德小姐在卡特勒太太最好的粉色信纸上,用粗大的字体回复说道,很高兴能见到迈克尔,希望他能过来喝杯茶。

夜里能做出平静而合情合理的决定——白天则要去实行这个决定。拖着受伤的腿,迈克尔来到了小楼。该死的,他要和一个陌生的女生说些什么呢?卡特勒太太在门廊眉开眼笑的。"我要艾尔玛小姐去花园了,她能呼吸点新鲜空气,可怜的孩子。"在一个凉棚里,放着一个茶桌,上面铺了块白色编织物,还有一把躺椅,上面放着为客人准备的一个红色的心形天鹅绒垫子。在长满鲜红玫瑰的顶篷下,小女孩坐了起来,她身上穿着麦斯林纱,上面装点着蕾丝和红色丝带,这莫名其妙地让迈克尔想起了他姐妹们的情人节。

虽然迈克尔常常听见别人夸艾尔玛·利奥波德"美极了"，但是当这十分甜美的脸蛋转向自己时，迈克尔发现自己对这真实的美措手不及。她出乎意料的年轻——看起来简直就是个小孩——直到她微笑，伸出手，带着舒适而成熟的优雅，她手上戴着一个令人惊艳的绿宝石手镯。"你能过来看我真是太好了。我希望你不介意在花园里喝茶？你喜欢蜜饯栗子吗？——这是正宗的法式蜜饯栗子——我很喜欢。躺椅经常会塌下来，但卡特勒太太说这把没问题。"迈克尔很高兴不用在对话中扮演活跃的一方——在他有限的经验中，美人都是沉默的，令人焦虑——迈克尔坐在了帆布椅上，坦白地说他最喜欢在花园里饮茶。这让他有家的感觉。艾尔玛再次对他微笑，这次露出了那美得无与伦比的酒窝。"我爸爸是个好人，但是他拒绝外出吃饭。说是'不讲规矩'。"

　　迈克尔咧嘴笑了，回答道："我爸爸也是。"他扭动了身体，让自己更舒服地坐着，还主动地吃了个蜜饯栗子，"我的姐妹们喜欢野餐路上的一切……哦，天哪……我怎么这么傻……我最不想提的就是野餐了——哦，该死，我又提起了。"

　　"哦，请不要这么难过。不管我们谈不谈，这件可怕的事情总是浮现在我的脑海……反反复复地出现。"

　　当幽暗却又闪着光的美丽海茵岩浮现在他们面前，迈克尔小声说道："我也是。"

　　"事实上我很庆幸，"艾尔玛最后说道，"你刚刚提到了野餐，这样感谢你在悬崖上所做的一切也变得容易了……"

"小事而已，不足挂齿，"年轻男孩低着头，含糊地对着自己穿的那双完美英式靴子说道，"而且，实际上是我的朋友艾尔伯特，你知道的。"

"但是迈克尔，我不知道——麦肯齐医生不让我看报纸……这个艾尔伯特是谁？"迈克尔开始描述在悬崖上的救援，他把艾尔伯特说成了一个英雄，机智过人，最后说，"我叔叔的马夫，一个好小伙。"

"我什么时候可以见他？他肯定觉得我是个忘恩负义的人。"迈克尔大笑，说："艾尔伯特才不会。"艾尔伯特很谦逊，很勇敢，而且很聪明……"啊！但是你应该认识认识他……"然而，艾尔玛只发现对面这个年轻人，在赞扬他的朋友时，脸上洋溢着激动、快乐和真诚。她开始有点厌烦那个陌生的艾尔伯特，就在此时，卡特勒太太端着茶盘从小楼走了出来，谈话的话题马上转移到了巧克力蛋糕上。"我六岁的时候，"迈克尔说，"我把妹妹的整个生日蛋糕都吃完了。"

"你听到了吗，卡特勒太太？在迈克尔先生把整个蛋糕吞下肚之前，你最好先帮我切一块。"他们哈哈大笑，这正是这两个年轻人所需要的……

那天晚上，一逃离婶婶的晚宴，迈克尔就带着煤油灯和两瓶冰啤酒来到马厩。马夫赤裸裸地躺在床上，借着烛光看着《霍克莱特》上的赛马消息，蜡烛摇曳的火焰，使得烛光在马夫强壮的胸上落下了一阵阵涟漪，胸上长满了成簇的黑色毛发，看起来极为粗俗。肌肉发达的手臂指向小窗下一把破烂的摇摇椅，那些龙和美人鱼纹身也随着肌肉的每个动作慢慢蠕动。

"即使是天黑了，这里也是热得要命，但是我已经习惯了。把你的外套脱了吧。那个架子上有两三个杯子。"杯子中倒满了酒，一下子就成了各种各样昆虫的游泳池，这些昆虫都是被烛光吸引过来的。"迈克尔，看到你再次站起来真是太开心啦。"那股舒适而熟悉的沉默再次袭来，艾尔伯特不久就打破了这阵沉默，"今天我看到你和一位小姐在草坪上。"

"天哪！我想起来了！她想要我明天带她去划平底船。"

"我会把船好好地系在船屋前，并把撑杆留在桌上。当心那些在浅水处的睡莲根茎。"

"我会小心的。我可不想让那可怜的女孩翻到泥里。"

艾尔伯特咧着嘴笑了笑，说道："即使是酒瓶腿小姐，我觉得就算她掉下去也会受伤。迈克尔，那些安静的女孩才是最糟糕的……"他眨了眨眼，喝了口啤酒。

"顺便告诉你，"迈克尔笑着说道，"艾尔玛·利奥波德很想见见你。"

"哦，她想见我，是吗？天哪，这冰啤酒太好喝了。"

"在我今天告诉她之前，她都不知道是谁在悬崖上找到她的。明天下午一起去船屋怎么样？"

"绝对不行！"又喝了口酒，他吹起了口哨，曲子是《两个忧伤的小女孩》。

艾尔伯特一停下来喘气，迈克尔就说："那你哪天可以见见她？”但是，艾尔伯特却转了一个更适宜的调，再次从头开始吹，可气地炫耀着自己的创作曲。最后没气吹下去，停了下来，迈克尔再次问道："好了吗？哪天呢？"

"哪天都不行。你千万别带上我，迈克尔。"

"那，该死的，我要怎么跟那女孩交代？"

"那是你的事。"艾尔伯特又吹起了口哨，此时，迈克尔很生气，酒也没喝完，打开地板上的活动门，随着梯子走下去，来到下面漆黑一片的饲料间。该死的艾尔伯特！到底是什么惹到他了？

第二天，艾尔玛坐在船屋里一把粗糙的凳子上，等着迈克尔，这时她听见车轮在碎石上的刮擦声，抬头看到一个宽肩膀的年轻人，穿着一件褪色的蓝色衬衫，年轻人推着手推车在绕着湖边走动。他推得那么快，当艾尔玛站起来，在船屋门口喊他时，他都快走进丛林听不到艾尔玛的声音了。可能没听到，她又喊了一次，这次声音很大，艾尔伯特停下了，转身慢慢地折回去。最后，站在她面前，近得艾尔玛都可以看到，在那头浓密的垂发下，他通红的农民脸，方得像块砖头，他那对深邃的眼睛，注视着艾尔玛头上，那没有任何东西。"你是叫我吗，小姐？"

"我在大声地喊你，艾尔伯特！你是艾尔伯特·克伦多尔吧？"

"是的。"艾尔伯特说，眼睛没有看着她。

"你知道我是谁，对吧？"

142

"是的，"他说，"我的确知道你是谁。你有什么事要我做吗？"他晒得黝黑的手臂搭在手推车的扶手上。

"就是想跟你道个谢，感谢你把我从悬崖上救下来。"

"哦，那件事……"

"我们不握个手吗？你救了我的命，你知道吗。"这个陌生人像一匹坚不可摧的小马，快速来到他的手推车的两个扶手中间。他不情愿地降低望向天空的视线，和她平视。

"实话告诉你，医生和吉姆把你安全地抬到担架上后，我根本就没放在心上了。"他好像只是还给她一把丢失的雨伞或一个棕色的包裹，而不是她的命，"你应该听过迈克尔先生讲过这件事！"红砖色面孔咧着嘴快笑开了，"如果你喜欢，他是个好家伙啊！"

"你果然和他所说的一模一样，艾尔伯特。"

"他说过我吗？好吧，我的老天爷。女士，请原谅我说的话，我很少和你们这些有钱人说话。好了，我得继续我的工作了，再见！"他坚定、快速地移动强而有力的手腕，美人鱼的纹身快速地活跃起来。他走了，艾尔玛发现自己被彻底地抛弃了。

正好三点整，对于数百万的个人而言，在这个永不停转的地球上，每一刻都可以用传统的时间标准来衡量，但永恒的一刻与日历和摆钟却毫无联系。对于艾尔伯特·克伦多尔而言，在湖边的简单对话，必然在他相当长的人生记忆中放大，填满整个夏日午后。艾尔玛说了什么，他回答了什么都相对不重要。耀眼的艾尔玛，像明星一样黑亮亮的眼睛，使他极力地躲避视线，这剥夺了他说话的力量。十分钟后，在隐蔽而潮湿的灌木丛里，艾尔伯特坐进了空无一物的车斗里，擦了擦手臂上和脸上的汗。他有充足的时间使自己的身心恢复平静，因为他清楚地知道，他再也不会和艾尔玛·利奥波德说话了。

很快，艾尔伯特走进月桂树树篱的间隙中，消失了。这时，他们三个人恰巧就像瑞士钟表上的三个木头小人，迈克尔一出现，艾尔伯特就消失了。迈克尔走出了房子，艾尔玛——总有这么个小木人，出现在船屋的门口。艾尔玛站在那，看着迈克穿过斑斓的草地，匆忙地向她走来，有时步履蹒跚。"我终于见到了艾尔伯特。"正如每次提起艾尔伯特的反应一样，迈克老实的脸一下明亮了起来。

"是吗？我说的没错吧？"亲爱的迈克尔！艾尔玛觉得真是不可思议，这个笨拙红砖色面孔的年轻人，居然能得到这般崇拜。她走进了停靠的平底船中。

天气持续暖和晴朗，和往常一样，人们在平静的湖面上出游，高山流水的叮咚声如音乐盒般抚慰着湖面。在这奢侈的青山绿水隐居处，菲茨赫伯特夫妇躺在柳条长椅上看着季节的消退，景观湖花园里的空气，在这个夏季是不可思议的寂静。他们可以听到蜜蜂在客厅窗户下的花床里嗡嗡作响，偶尔，还能听到艾尔玛轻柔的笑声从湖面飘过来。在橡树和栗子树的一边，赫西的一辆观光马车在陡峭的泥土路上咯吱咯吱地行驶，驱赶着草坪上的鸽子。白色孔雀已经熟睡，两只猎犬在树荫下打着盹。

迈克尔和艾尔玛一起走遍了上校家的每个角落，包括玫瑰园、蔬菜园、下凹的门球草坪和灌木丛等，灌木丛蜿蜒曲折的小道尽头是一些小凉亭，这是玩跳棋和蛇梯棋这些幼稚游戏的绝佳场所。在花园直背椅上，布满了顽固的蕨类植物。他们的交谈方式不需要太多话题，对于迈克尔而言，再适合不过。当偶遇他们时，菲茨赫伯特太太双手搭在木桥上叹息道："他们看起来多么开心！多么年轻！"她老公回答道："他们到底在聊什么话题，居然可以谈论一整天？"

有时候艾尔玛发现自己喋喋不休，正如很早以前在学校似的，她很享受向着明亮的空气说个不停，像小孩放飞风筝一样，高兴极了。无需迈克回答甚至聆听，只要在她身边。迈克倾身靠在栏杆上，每次转过头来，一缕浓密的头发挡住一只眼睛，向着池塘中石制青蛙那张大的嘴里，漫无目的地丢着鹅卵石。

傍晚的小湖，在倾斜的树荫下渐渐变冷，湖面上一些枯黄落叶漂浮在芦苇植物中间。"亲爱的迈克，真的是没法想象夏日就将过去，湖面上再也没有划船了。"

"无所谓了。"迈克说，熟练地将平底船撑过睡莲叶子。他咧嘴笑了笑。"实际上，这陈旧的平底船出行已经不安全了。"

"哦，迈克！……那就结束了。"

"哦，好吧——美妙的事物都是短暂的。"

"米兰达经常说，所有的事情都在对的时间、对的地点开始，又在对的时间、对的地点结束……"

迈克肯定是太用力靠着撑杆了，因为当平底船笨拙地往前冲时，艾尔玛可以听到腐朽的船底板下水流的潺潺声。"对不起……我把水溅到你身上了吗？这些讨厌的睡莲根……"

在码头的平台上，睡莲花朵已经合起来了，在黄昏下保持着神秘感。一只白色天鹅在前方的芦苇植物丛中优雅地伸出了身子。他们在那站了一会儿，看着天鹅飞过水面，消失在对岸的柳树中。好像后来艾尔玛对迈克尔·菲茨赫伯特的印象最为深刻的就是此刻。在巴黎的布洛涅林苑、在伦敦海德公园的树下，艾尔玛会突然想起此刻的迈克尔：一缕头发悬在一只眼睛前，转过半边脸看着那只天鹅。

那天晚上，山上的薄雾从松树林翻滚下来，蔓延到了清晨。在小屋里，从艾尔玛的窗户望去已经看不到湖面了，预测到早冬的到来，卡特勒先生已经离开，去查看他的温室。在马纳萨斯商店偶尔来了个客人，带着人们渐渐不感兴趣的话题，要买今天的早报，"有没有关于学院谜团的消息？"没有——至少在马纳萨斯的走廊上没有可以称之为新闻的消息，当地人都认为，在悬崖上发生的一切都结束了，人们最好是忘了这件事情。

湖面上最后一次划船。最后，一只手轻轻一推……看不见，也没有被记录，野餐的事态持续神秘，持续蔓延。

第十一章

菲茨赫伯特太太在早餐桌旁，瞭望着雾气笼罩的花园，决定吩咐女仆把印花棉布桌布换成图拉克①的天鹅绒和蕾丝桌布。

"这火腿显然烧焦了，"上校说，"迈克到底去哪儿了？"

"他在房间里，要了点咖啡。你得承认那两个人绝配。"

"肘子那地方没切好？哪两个人？"

"当然是迈克尔和艾尔玛·利奥波德。"

"适合什么？繁衍后代？"

"没必要想得那么低俗。昨天，我看到他们俩去湖边了……难道你没有用心？"

"我用不用心跟火腿烧焦了有什么关系？"

"哦，讨厌的火腿！你怎么就不明白，我是想告诉你，这位小女继承人今天中午会来吃午餐。"

对上校一家来说，把美味的菜肴盛在各式各样的盘子里，并准时地摆放到餐厅是神圣的仪式，这也可以打发他们的空闲时间，丰富他们的生活，没有这仪式每天就会很杂乱。同时，客厅女仆敲响了大厅的印度钟，这是菲茨赫伯特家人肚子里的美食之音。"亲爱的，午餐后我要小睡一会儿……四点一刻我们去阳台上喝喝茶……告诉艾尔伯特，五点钟的时候把双轮马车带到约好的地方。"

一点钟，午餐在湖景区准时开始。侄子提醒过艾尔玛，拜访别人不准时是很无礼的行为。艾尔玛在门廊上，抚平了她深红色的腰带，看了一眼精致的钻石手表。最后，薄雾渐渐散尽在闷热的黄色光线下，爬山虎显得格外地不真实，缠绕着小别墅，使别墅的外观显得杂乱无章。她四处看了看，都没有看到迈克，于是朝侧边走廊上那个看起来没那么可怕的进口处走去。门铃声惊动了一个女仆，她从漆黑的、铺着地砖的走廊走来，走廊上，一只悲伤的老鼠在各式各样的帽子、大衣、网球拍、伞、面纱、遮阳帽、拐杖等杂物里乱窜。从客厅里望向湖面，空气看起来像是粉红色的，带着银花瓶里的法国玫瑰的浓浓香味。菲茨赫伯特太太坐在昨天换的粉色绸子靠垫的沙发上，站起来，问候客人。"男人们会直接来这儿的。我丈夫来了，他从玫瑰花园向大厅走过来，靴子上沾满了泥土。"

艾尔玛观赏过马特洪峰的日落、泰姬陵的月夜，但她很真诚地说，上校家的花园确实是她见过的最美的花园。

"泥土粘在上等的地毯上很难弄掉。"上校太太说，"亲爱

---

① 墨尔本著名的富人区。

的，等着吧，你也会有的。"这个女孩穿着一件看似很普通的连衣裙，确实是个美人。她头上戴着有深红色丝带的麦秆帽，这可能是法国货。"我妈妈有两顶——第一顶是法国货。"

"奥布松①？"上校太太问。

哦，天哪！要是迈克来了就好了！太太没有笑她，说："我是说丈夫——不是地毯……上校以前告诉过我，在印度，除了钻石生意，地毯生意最赚钱了。"

"妈妈常常说，从一个男人选的珠宝可以判断他的品位。我爸爸就是个绿宝石专家。"太太张大了她那小巧的、有点失去光泽的嘴。"真的吗？"她们再也没有其他的话题了，都满心期待地朝门口望去。门开了，上校走了进来，后面还跟着两只流着口水的西班牙小狗。

"小狗，你们坐下！坐下！我命令你们，不许舔这位年轻小姐白皙的手。哈哈！小狗们真有趣！利奥波德小姐，你觉得呢？我侄子说这两个小家伙太胖了——迈克尔去哪儿了？"菲茨赫伯特太太扫了一眼天花板，就好像她侄子很有可能藏在装饰窗帘里，或者头倒挂在吊灯上，"他清楚地知道我们一点钟吃午餐。"

"他昨晚提到说，要去松树林散步——但是没有理由，利奥波德小姐第一次来他就迟到。"上校透明的蓝色眼睛盯着客人，不假思索地注意到了她纤细手腕上的绿宝石，"我很抱歉

---

① 奥布松是一种平织地毯，起源于法国。

地说，你只得和我们这两个老古董在一起了，没有其他的客人了。在加尔各答俱乐部，小型的中餐集会上，八个人是最完美的。"

"好在我们中午不吃那些恶心的印度鸡。"他妻子说，"昨晚，斯普莱克少校从政府小楼过来，友好地给我们送来了远东红点鲑。"少校看了看手表。"我们不等那个傻瓜了，不然鱼快要坏了，希望你喜欢吃烤鲑鱼。利奥波德小姐，你觉得怎么样？"艾尔玛很喜欢吃烤鲑鱼，而且还知道怎么蘸酱。上校想，这个该死的迈克，真是个傻子，如果能够俘获这个小女继承人的心，那真是太幸运了。为什么该死的迈克还不出现？

在这悠闲而漫长的餐宴上，分享对美味鲑鱼的赞美之情，很难让这三个人的对话持续地进行下去。迈克的位置已经从桌子上移走了。吃饭时，除了主人一个人在唱独角戏，讲着玫瑰的生长、布尔人对仁慈的英国女王的恨，剩下的只有令人不自在的沉默和吃奶油冻的声音。两位女士绝望地讨论着没有关联的话题——皇室家族，瓶装果汁，还有对艾尔玛来说最讨厌的谜团，最后，她们讨论了音乐。菲茨赫伯特太太的妹妹弹钢琴，艾尔玛弹吉他，"五颜六色的彩带和神圣的吉卜赛歌"。咖啡一上来，主人就点了一支香烟，丢下了两位女士，她们坐在印度式雕刻花纹的桌子旁边的粉红色沙发上。在小门旁，艾尔玛能看见湖面，湖面在昏暗的天空下显得很沉闷。客厅里温暖起来了，开始让人很不舒服，菲茨赫伯特太太皱巴巴的脸，在粉红色的空气中，一会儿出现，一会儿消失，就好像《爱丽丝梦游仙境》里那只常常露齿嬉笑的猫的脸。为什么，哦，为什么迈克没来吃午餐？现在，菲茨赫伯特太太在问艾尔玛，卡特勒太太会不会烹饪？"亲爱的卡特勒太太，她做起菜来就像个天使！我有她做巧克力蛋糕的食谱。"

"还记得在寄宿学校做蛋黄酱的时候——用木勺一点一点……"艾尔玛似乎看到迈克的身影在松树林里的薄雾中飘来飘去。她也感到客厅在旋转。

最后，壁炉台上的钟已经指向了可以离开的时候，艾尔玛起身要走。"你看上去有点累，"菲茨赫伯特太太说，"得多喝牛奶。"这个女孩举止得体，有十七岁女孩的范儿；迈克二十岁——正好般配。太太陪客人走到了客厅的门旁——这是社交上认可的礼仪，而且经久不衰。由于一些过于复杂的原因，在此无法细细道来，她希望艾尔玛会去图拉克拜访他们。"不知道我们的侄子告诉你没，复活节过后，我们准备为他开个舞会。他在澳大利亚认识的人很少，真是个可怜的小伙！"

离开温暖但令人窒息的客厅，来到潮湿、满是松树香气的花园里，使人感到舒适凉爽。一阵疾风吹得爬山虎不断地颤抖，深红色的叶子撒在了砾石道上，吹弯了环形花床上整洁的玫瑰花。之后，又是一阵宁静，稳重的时钟发出的钟声从远处传来，回荡在湖面上。上午模糊的薄雾已消散。橙黄色不透明的云层层地堆叠在浑浊的天空中，松树林里坚硬的松针环绕在山顶，像个铁王冠。在森林的另外一边，很远的下面，看不见的平原在一阵阵蜜色的光下闪烁着光芒，显露出海茵岩的黑暗。麦肯齐医生是正确的："不要想岩石，亲爱的孩子。岩石是个噩梦，噩梦已经过去了。"艾尔玛尝试着听取医生的建议，只想现在的事情，湖景如此漂亮，草坪上，孔雀开屏，胖胖的灰色鸽子用它们粉红色的爪子在蹒跚地行走，稳重的时钟又敲响了，蜜蜂借着昏暗的光回家去了。几滴雨落在了麦秆编织的帽子上。卡特勒太太打着伞从小屋里出来了。"迈克尔先生说一场暴风雨即将来临。我的玉米粒子要遭殃了。"

"迈克尔，你看见过他？"

"几分钟前。他来过，给你一封信，小姐。如果说哪位男士彬彬有礼，那就是他了，他真是彬彬有礼的年轻男士——哦，亲爱的！你漂亮的帽子！"麦秆帽被扔到了卡特勒太太发亮的油布上。

"别捡了，我不会戴了——请把信给我。"卡特勒太太关上了她卧室的门，她很失望，因为一整天都在期待和艾尔玛小姐惬意地聊天。卡特勒太太还是把这顶帽子捡了回来，轻轻地把它的彩带烫平。多年以来，她都会把这顶帽子戴在她虔诚的头上去教堂。

为了遮光，艾尔玛房间里活动百叶窗本来是关上的，现在，她推开窗，准备拆开信，这时，一阵弯弯曲曲的闪电划过窗格。一阵蓝色的闪电闪过，垂枝榆仍然立在那里，树叶一动不动。突然间，一阵强风不知道从哪里袭来，带来一种奇怪的温暖，榆树开始摇晃，窗帘在房间里翻腾。雷声阵阵，沉甸甸的云朵爆炸开来，一场强降雨终于落下。马其顿山的人们肯定会记得这场雨，几分钟的工夫，雨清洗了砺石车道，膨胀了山间小溪。湖景的小溪中，浑浊的水打着漩流冲刷着石制青蛙。湖面上，套在停泊处的平底船脱开了，在睡莲叶子上不断地摇晃。一阵大风吹过，快要淹死的鸟从摇晃的树上跌倒在地，一只死鸽子像一只机械玩具一样扫过了窗户。最后，风和雨都消停了，没有了原先的张狂，微弱的太阳光出来了，湿透的草坪和被蹂躏的花床戏剧性地呈现了光芒。暴风雨过去了，艾尔玛仍然在窗户旁，打开了硬邦邦的方形信封。

信非常正式，毫无个人色彩，和邀请信或者账单差不多，只不过字迹很孩子气，连笔弧线画得工工整整，竖线笔直刚硬，那是在剑桥大学的古典课上短暂学习，好不容易学会的。剑桥也罢，别的地方也罢，对于迈克来说，一拿上笔，头就晕了，不知道要写什么。然而，艾尔玛，却是随性而为，而且标点符号仅限于感叹号和破折号，哪怕是最简单的便条，都能看出她的性情。信的开头是道歉，因为上午在松林里待得太久，忘记看表了，意识到吃鲑鱼（主要为你准备的）的时候已经太晚了。她很生气地翻过来：今天早上收到了家人寄来的一封信，信上说要我马上拜访我们家的银行师。这很讨厌，但是还是要做。我忙于收拾行李，明天早上搭火车去。很早，那时你都还没有醒！因为湖景区在冬天的时候就要关门，没几天了，我不打算回这里了，这也就意味着我不能当面跟你说再见了。真的是很不巧，但是我肯定你会理解的。如果我们不能再在澳大利亚相见，谢谢你对我这么好，亲爱的艾尔玛。过去几周多亏有你。

真诚的迈克

附言：我忘记告诉你了，我打算在澳大利亚来个漫长的旅行，从北昆士兰开始，你知道那是哪儿吗？

对于一个不知道怎么书面表达自己的人来说，这封信很好地表达了他的意思。

一系列的历史事件表明，尽管我们很有必要关心白天我们的身体行动，但是历史也显示，人类的思维在夜深人静的午夜到黎明的这段时间内最活跃。这些有成就的黑暗时间鲜有记录，在这黑暗的时间中，秘密地滋生了和平与战争，爱与恨，授予王位与罢免王位。例如，在一九〇〇年三月的夜晚，这个丰腴的印度女皇，在巴尔莫勒，穿着法兰绒睡衣在床上计划着什么，让她发笑，又让她噘着顽固的嘴？谁知道？

所以，在这寂静中，在这些事件中，扮演不知名角色的人也遭受着痛苦，做着梦。阿普尔亚德太太房间里的窗户紧闭，她躺在床上，油得发亮的脸毫不夸张地说是浮肿了，而且被那种邪恶的蒸汽弄脏，这蒸汽在白天的亮光下看都看不见。隔了几间房，萨拉在睡梦中，小尖脸上闪现着光芒，她梦见米兰达充满了爱和喜悦。第二天一整天，她都带着这种心情，上课走神，她被警告了很多次，她懒散，没精打采，昏昏欲睡，这惹怒了拉姆利小姐，罚她绑着背板站在健身房半小时。在湖景区，稳重的钟在五点的时候准时敲响了，唤醒了厨师，厨师打着哈欠为迈克尔先生准备燕麦粥早餐。迈克整个晚上都难以入睡，现在醒来了，晚上总是做着梦，梦到银行，收拾行李，今早在去墨尔本的车上有个座位，他梦见艾尔玛急匆匆地在一辆摇晃的火车上的通道处朝他跑过来。"坐这儿来，迈克，我旁边有个位置。"然后他用伞把她推开。

　　到达了小屋，艾尔玛也听到了钟在五点准时敲响，她半睡半醒，看着花园慢慢地呈现出了颜色，想着今天要做些什么。在海茵岩，第一缕灰色的光芒洒在树木和山峰上，映衬出它那似东方的脸，或者可能是日落……野餐下午的时候，四个女孩快到水潭边。她又看见小溪一闪而过，红木树下有一辆马车，一个金黄色头发的年轻男人坐在草坪上读报。当她看见他的时候，她转过头，再也不看他了。"为什么？为什么？……为什么？"孔雀在草坪上叫了起来。因为我知道，尽管那样……我知道，迈克是我的至爱。

第十二章

三月十九日，星期四下午两点，阿普尔亚德学院凉飕飕的、很安静，到处都能闻到烤羊肉和卷心菜的味道。学生们刚吃完午饭，女仆们也下班了。下午的课还没开始。多拉·拉姆利躺在床上，嘴里含着没完没了的薄荷糖，波蒂尔斯小姐坐在窗边，眺望前面的车道，在反复地读着今天早上艾尔玛的来信。

写于湖景区小楼

亲爱的戴安娜，

匆忙之中，我和卡特勒太太只找到了草纸，连支钢笔都找不到。卡特勒太太说，为什么可爱的波蒂尔斯小姐不在这儿示范一下叠衣服？我写信是要告诉你一个"极好的"消息——我亲爱的爸爸妈妈，这个星期从印度回来。我要去墨尔本，去孟席斯酒店的套房里等他们！！感觉就像读一个很长很长的故事，突然间就读到了最后一章，结束了。亲爱的戴安娜，去车站的那一天，也就是星期四下午，我会来学校——这是我和你以及亲爱的女孩们告别的最后机会，每次想到她们还在学校我就心痛，当然也是和明妮、汤姆告别的最后机会，如果可以的话，我不想和阿普尔亚德太太告别。哦，真是件可怕的事情，但是一想到要和她说话，就觉得很悲惨！戴安娜，我没机会给你买结婚礼物——马纳萨斯商店没什么可买，只有靴子、果酱和罐头——请收下我的绿宝石手镯，手镯是我的一份心意——这个手镯是我巴西的祖母送给我的，以前跟你说过，上面有一只鹦鹉——你还记得吗？但我祖母已经去世了，所以她不会知道，也不会介意。卡特勒太太想知道你过去喜欢的那种蓝色薄绸，我得走了。

        爱你的艾尔玛

附言：到了学院之后，我直接去你的房间，如果你在上课，不管阿普尔亚德太太同不同意，我会直接去你的教室。

    在站在窗边的几个人中，波蒂尔斯小姐是第一个看到赫西先生的马车驶进车道的。艾尔玛从马车上下来，身穿一件深红色的宽外套，头戴一顶红色羽毛的丝绒帽，帽子上的羽毛随风飘扬。校长坐在楼下的桌旁，也看到艾尔玛来了，令波蒂尔斯小姐惊讶的是，女教师还在楼梯上，校长就来到了大厅门口，向客人冷漠地挥了挥手，正式地打完招呼后，就把客人带到了书房，学院从来没有这样失礼过。

楼梯的平台上伫立着几尊雕像，在昏暗的下午，其中一尊雕像可以投射出一丝微光。现在，多拉·拉姆利拖着脚步从阴影下走过来。"女士！你准备好了吗？该上形体课了，快要迟到了。"

"讨厌的形体课！我这就下来。"

"现在，很少允许女孩们出去呼吸呼吸新鲜空气——你确定同意她们锻炼？"

"锻炼！你是说那可笑的折磨，数不清的栏杆和哑铃？她们这个年纪的年轻女孩，应该穿着轻薄的裙子，年轻男生搂着她们的腰，在树底下漫步。"

多拉·拉姆利惊呆了，没有回答。

对于阿普尔亚德太太来说，艾尔玛来得真不是时候，就在今天早上，校长收到了利奥波德先生的来信，这封信令人十分不安，他一回悉尼就写了这封信，信中要求知道野餐事件的最新进展，并且问得很详细。"这封信不仅为了我自己的女儿——她奇迹般地活过来了，还为了那些不幸的父母，他们的女儿还生死未卜。"信中还说，利奥波德先生出资，从苏格兰场聘请了一位顶尖的侦探。正在逼近的恐惧是不可能抛于脑后的。不可能将其他恐怖的可能性置之不理。

不知怎么回事，艾尔玛惊奇地发现书房比她记忆中的要小很多。除此之外，一切都是老样子。房间里同样有股蜂蜡和新鲜墨水的味道。挂在壁炉台上的黑色大理石时钟，像平常一样发出响亮的嘀嗒声。阿普尔亚德太太坐到书桌旁，艾尔玛完全出于一种习惯，敷衍地行了个屈膝礼，过后是一阵无尽的沉默。太太的浮雕宝石胸针挂在丝绸垫的胸前，一上一下地跳动，谱成了古老而不屈不挠的旋律。

"艾尔玛，坐下吧，听说你现在已经完全康复了。"

"谢谢，阿普尔亚德太太。我现在非常好。"

"你还没想起海茵岩发生的事情吗？"

"完全想不起来。麦肯齐医生昨天又告诉我，我可能永远忘了上山后发生的所有事情。"

"真是太不幸了。每个人都很关心这些事。"

"阿普尔亚德太太，这你不必告诉我。"

"你是不是马上要去欧洲了？"

"我想几天后就走。我爸妈都觉得离开澳大利亚一段时间比较好。"

"我知道了。艾尔玛，坦白告诉你，很遗憾，你父母没为你好好考虑，你还没完成阿普尔亚德学院的学业，就让你完完全全地进入国外的社交生活。"

"我已经十七岁了，阿普尔亚德太太，这么大了，可以了解一下这个世界。"

"既然以后我不用照顾你了，恕我冒昧地告诉你，老师们不断地向我抱怨，说你不够勤奋。像你这样有远大前程的女孩，应该能够正确地拼写。"几乎把话说到了嘴边，她才意识到自己犯了一个严重的错误。现在最要紧的就是不要再激怒富有的利奥波德一家。金钱就是权力、金钱就是力量、金钱就是安全感。即使是沉默也需要金钱买单。女孩脸色变得苍白，看起来令人很担忧。"拼写？在野餐那天，拼写有没有救我？"戴着手套，放在桌子上的小手终于平静下来，艾尔玛说："我告诉你，阿普尔亚德太太：在学校，所有重要的事情，我都是从米兰达那儿学来的。"

"真是太可惜了，"女校长说，"你完全没有学会米兰达那值得赞扬的自控力。"她努力地缩紧身体里的每一根神经和每一块肌肉，设法站了起来，并且十分和蔼地问艾尔玛，在去墨尔本之前，是否介意今晚在以前的房间里过夜？

"谢谢，不了。赫西先生正在车道上等着。但在走之前，我想看看女孩们和波蒂尔斯小姐。"

"当然可以！波蒂尔斯小姐和拉姆利小姐在健身房上课。这次，校规宽容一下。虽然不合规矩，但是你可以进去告别。告诉波蒂尔斯小姐，我允许你这么做。"

在艾尔玛最后一次离开房间前，她和校长冷漠地握了握手，她过去常常站在这个房间里——很久很久以前，那时还是个女学生——等候着女校长随心所欲地发出命令和谴责。她再也不怕门后的那个女人了，这个女人，手不听使唤地震颤，伸到桌底下拿白兰地酒瓶。

明妮躲在铺着绿台呢的门后的角落，现在张开双臂朝她跑来。"亲爱的艾尔玛小姐。汤姆告诉我，你来了。让我看看你……天哪！是个真正成熟的年轻女孩了！"

艾尔玛弯下腰，亲吻明妮温暖且柔软的脖子，散发出廉价的香水味。"亲爱的明妮。见到你真好。"

"我也是，小姐。我们听说你复活节后就要离开我们了，这是真的吗？"

"的确如此。我今天是来和你们所有人道别的。"女仆叹了口气，说："我并不怪你。遗憾的是我们就要失去你了。你都不知道，这些日子这里怎么样了。"

"我相信你。"艾尔玛一边说，一边在黑暗的大厅打量着明妮，黄铜花瓶摆放在大厅，里面插有怀特海先生带来的深红色大丽花，这些花朵是刚绽放的，但是在黑暗下看不到颜色。明妮压低了说话的声音，悄悄地说，"这才叫规章制度呢！下课时间也不允许学生们说话！谢天谢地，我和汤姆马上就要离开这里了。"

"哦！明妮，太为你高兴了——你要结婚了吗？"

"复活节后的星期一，和波蒂尔斯小姐一样。我对她说过，我想圣瓦伦丁已经为我们完成了这个仪式，她也非常认真地说：'明妮，你说得对。'圣瓦伦丁是所有恋人的保护神。"

学生们都普遍认为健身房是"鬼屋"，这是在西侧楼房中的一间狭长的房间，只有从天窗投射下来一点光，只有天知道最初的拥有者，设计这间房是出于什么目的：也许是用来储存多余的粮食，或是一些不用的家具。现在，在空荡荡的房间里，墙壁刷了石灰，上面陈列着各种各样能够提升女性健康和美丽的工具，有从天花板上悬吊下来的绳梯、一对金属吊环和双杠。在一个角落里，有一块水平板，上面套着皮质的软垫。要在这块板上下腰，对于萨拉这个小孩来说，总是很困难，今天下午，就要在健身房的这块板上上课。还有一对铁哑铃，只有汤姆有足够的劲将其举起，还有顶在女性柔软脑壳上，用来练习平衡的杠铃和一堆沉重的瓶状棒。这些器材都表明了权威人士目空一切地漠视自然的基本法则。

　　房间的一端，有一个讲台，高出地面几英尺。拉姆利小姐和波蒂尔斯小姐已经准备好上课了；拉姆利小姐开始注意查看讲台下一些细小的错误动作，波蒂尔斯小姐坐在垂直的钢琴旁，敲打出《哈勒赫勇士进行曲》。一二，一二，一二。三排女生穿着黑色哔叽灯笼裤、黑色的长棉袜和白色橡胶底帆布鞋，她们无精打采，随着军乐的旋律上上下下地跳着。对于波蒂尔斯小姐而言，形体课是永无止境的苦修。如果到了五分钟的下课时间，她会高兴地宣布艾尔玛·利奥波德已经来学校了，马上就会来健身房和大家告别。一二、一二、一二……她魂不守舍地弹着琴，想着学生们可能已经得到了小道消息。一二、一二、一二……"法妮，"女老师的手离开了琴键一会儿，说，"你没有跟上拍子，请注意听音乐！""数下拍子，法妮！"拉姆利小姐一边在小本子上涂涂改改，一边咕哝道。手脚由一边移到另一边，这些软弱无力的动作掩饰了十四双眼睛的眼神，她们的眼睛左右地移动。一二、一二，就像是诺曼底的野兔被关进了木条笼里，她们的眼睛充满了警觉，非常地狡猾。一二、一二、一二、一二。单调乏味的跺脚毫无人性，几乎难以忍受。

　　健身房的大门缓缓地敞开了，好像是门外的人极不情愿进来。当《哈勒赫勇士进行曲》停在了一小节音乐的中间时，房间里每个人都转过头。波蒂尔斯小姐在钢琴旁微笑着起身，艾尔玛·利奥波德身形娇小，穿着深红色的宽外套，看起来容光焕发，站在门口。"进来，艾尔玛！真是个意外的惊喜！孩子们，你们可以自由地聊十分钟。下课了！"艾尔玛朝着房屋中间走了几步，现在，不确定地停下了脚步，朝大家笑了笑。

　　同学们没有回应她的笑容，也没有激动地问候她。她们穿着橡胶底鞋在仿木地板上拖着脚步走，脚步声打破了沉默。女教师很伤感，看着讲台下仰起的脸。没有一个人在看穿着深红色外套的女孩。穿过那粉刷得白白的墙壁，十四双眼睛盯着她后面的东西看，目光像是要穿透粉刷得白白的墙壁，像在梦游，眼神呆滞，眼睛瞪得大大的。哎呀！这些不开心的孩子们，看到了什么我没看见的东西？于是，大家就一起看着某个幻影，波蒂尔斯小姐也不敢说半句话来捅破这紧张的薄纱。

　　她们看到健身房的墙壁逐渐地消失，变成精美的玻璃，天花板和花儿一样绽放在海茵岩上方灿烂的天空里。岩石的影子，如水一般明亮，穿过微微发光的平原。学生们正在野餐，坐在桉树底下温暖的干草上。小溪旁摆放着午餐。她们看到野餐篮子和波蒂尔斯小姐——戴着遮阳帽很开心——正递给米兰达一把刀，让她切心形蛋糕。她们看到玛丽恩·奎德，一只手拿着三明治，一只手拿着铅笔，还有麦克劳小姐，她穿着深褐

163

色的长外套，依靠着一棵树，忘了吃东西。她们听到米兰达为圣瓦伦丁的健康而干杯；喜鹊和涓涓溪水流动的声音。艾尔玛穿着白色裙子，甩动着她的卷发，嘲笑米兰达在溪水中洗杯子。米兰达没戴帽子，披着一头金黄色的秀发，在阳光下闪烁着光芒。没有米兰达，野餐就没有乐趣……米兰达总是穿梭在耀眼的阳光下。就像是一道彩虹……哦，米兰达、玛丽恩，你们去哪了……？悬崖的影子变得越来越黑、越来越长。学生们牢牢地坐在地上，动弹不了。这影子可怕的形状是头活跃的怪兽，越过平原缓慢地朝她们移动，落在了岩石和圆石上。现在，离她们很近，她们可以看到，悬崖上的裂缝和浅坑，失踪的女孩躺在一个非常肮脏的山洞中，正在腐烂。一个高年级的女生想起《圣经》中写道，死人的尸体会爬满蠕虫，于是她在仿木地板上猛烈地呕吐。有人绊倒在了一把木凳上，伊迪斯大声地尖叫。波蒂尔斯小姐听到了歇斯底里的尖叫声，心跳得很快，但平静地走到讲台边，说："伊迪斯！不要发出这么恐怖的声音！布兰奇！朱莉安娜！安静！大家都安静！"但是太迟了；当长期积聚的火焰，在灰色纪律的重压下开始燃烧，神秘的恐惧突然爆发时，老师轻柔的声音完全被淹没了。

钢琴盖子上放着一个黄铜做的锣，通常是维持纪律时用的。波蒂尔斯小姐使出浑身的劲，用她那纤细的胳膊敲打着锣。低年级的女教师退回到钢琴凳的后面。"没用的，女士。她们不会注意到锣或者任何东西的。这个班失控了。"

"从侧门出去，不要让她们看见你，把校长带来。情况很严重。"

低年级的女教师冷笑了一下，说道："你害怕了，对不对？"

"对的，拉姆利小姐，我非常害怕。"

一群拥挤的脑袋和肩膀围过来，艾尔玛被一群又笑又哭的女生包围了，一束深红色的羽毛上上下下地颤抖，像只受伤的小鸟。当混乱持续时，邪恶的咯咯声未曾停止。很多年后，当蒙彼利埃太太在一个澳大利亚的教室里，对她的孙儿们说起这个奇怪的野餐故事时——孩子们，五十年了，我还是会梦到这件事——这个场景在噩梦中出现。奶奶绝对不会把这件事，同报纸上任何一件法国革命中的恶行混淆在一起，当我是个小孩的时候，那些恶行把我吓坏了。她想起了这些穿着黑色灯笼裤的学生，健身房里各种工具的折磨，这些歇斯底里、脸蛋被激情扭曲的女学生，她们飘动的头发和爪子似的手。"我时时刻刻都在想：她们会完全失去理智，把她撕成碎片。报仇、愚蠢、残忍的复仇，这就是她们想要的……我现在都看到了啦。报复那个美丽的小姑娘，她受了这么多苦，完全是无辜的……"现在，一九九〇年三月，一个愉快的下午，年轻的波蒂尔斯小姐，戴安娜·德·波蒂尔斯，要独自面对和处理这件事，这是一个可怕的事实。女教师挽起宽大的丝绸裙，从讲台上飞跃下来，匆匆地走向乱哄哄的人群，这时什么事情提醒了她，她微微仰起头，镇定地走过去。

与此同时，艾尔玛全身无力，完全不知所措，快要窒息了。挑剔的艾尔玛谴责所有女性身上的臭味，断言在六尺外就能闻到教室里，满是拉姆利小姐身上的薄荷味，她被一张张愤怒的脸包围，感到莫名其妙，可恨的是这些脸离自己的脸很近。近得连法妮短平且上翘的小鼻子都模糊了，它像猎犬鼻子一样嗅着，鼻毛都竖起来了。一张张开的大嘴，跟个洞穴似的，湿答答的舌尖顶在一颗镶着金的牙齿上，这肯定是朱莉安娜。她们温热的气息，扑向她的脸，发烫的身体压在她敏感的胸部上。她害怕得哭了起来，想把她们推开，但都没用。一张圆脸不知道从哪里出来了，在后面浮现，看不到身躯。"伊迪斯，是你！"

"是的，亲爱的，是我。"伊迪斯充当着罪魁祸首的新角色，她极度兴奋，自鸣得意地摇着她粗短的食指，说，"快点，艾尔玛——告诉我们。我们等了好久。"同学们往前挤了挤并嘀咕道，"伊迪斯说得对。告诉我们，艾尔玛……告诉我们。"

"我能告诉你们什么？你们都疯了吗？"

"海茵岩上的事情，"伊迪斯冲到了前面说，"我们想要你告诉我们，米兰达和玛丽恩在悬崖上发生了什么事情？"那对来自新西兰的姐妹平时很沉默，很少讲话，这时大声地补充道："在这个老鼠洞里，没有人告诉过我们任何事情！"另外一个声音掺和进来，说："米兰达！玛丽恩！她们在哪儿？"

"我没法告诉你。我不知道。"

一股力量突然驱使她瘦小的身体像楔子一样，挤进了拥挤的人群，波蒂尔斯小姐站在了她旁边，拉住艾尔玛的手臂。她用轻柔的法国嗓音大叫道："蠢人！你们没脑子吗？没良心吗？可怜的艾尔玛怎么能告诉你们她自己都不知道的事情？""她肯定知道，只是不说而已。"布兰奇一头蓬乱的卷发，那张娃娃脸气得通红，"艾尔玛喜欢保守大人的秘密。她老是这样。"

伊迪斯像个高级官员似的，点了点她的大头。"她不告诉你们，那我告诉你们吧！你们听着，她们死了……死了。米兰达、玛丽恩和麦克劳小姐。她们都死了，死在海茵岩的一个肮脏的山洞里，到处都是老鼠。"

"伊迪斯·霍顿！你这个骗子，你这个蠢蛋！"波蒂尔斯小姐甩了伊迪斯一个火辣辣的耳光。"圣母马利亚，"这个法国女人大声地祈祷道。罗莎蒙德没有掺和整件事情，也在祈祷。她对着圣瓦伦丁祈祷，这是她认识的唯一一个圣人，所以自然而然地对着他祈祷。米兰达也爱圣瓦伦丁。米兰达相信爱的力量超越一切。"圣瓦伦丁。我不知道该怎样向你祈祷……亲爱的圣瓦伦丁让她们放过艾尔玛吧，看在米兰达的分上，让她们彼此充满爱吧。"

当然，很少他人给仁慈的圣瓦伦丁奉献如此诚心却又迫切的祈求——他通常只关心浪漫爱情中的一些琐事。圣瓦伦丁享有及时发力，而且方式很见效的声誉：上帝假借爱尔兰人汤姆当作微笑使者。汤姆推开门，站在门口，身上散发着浑厚的男子气概。亲爱的汤姆刚刚从伍登德牙医那儿拔完牙回来，虽然嘴很痛，但是看到这些可怜的年轻人，头一回找了点乐子，他还是十分高兴。汤姆礼貌地向波蒂尔斯小姐咧嘴一笑，等着这阵喧嚣消停一下（不管怎样都会停下来的），这样他就可以替本·赫西先生向艾尔玛小姐传个话。

汤姆的到来引起了注意，大家把头转过去，看了看他，此时，艾尔玛自由地晃动了一下身体；罗莎蒙德站了起来，伊迪斯把一只手贴向发烫的脸颊。送信者传达了赫西先生的问候以及给艾尔玛的话，如果利奥波德小姐要赶墨尔本的快车，她最好现在就出发；他自己个人补充道："我和厨房所有人祝小姐一路顺风。"一切都结束了，结束得那么简单、那么快，女孩们又回到了原来的样子，规规矩矩，让艾尔玛从中间穿过，波蒂尔斯小姐轻吻她的脸颊，说："你的阳伞还挂在大厅，我的宝贝——暂时再见了，我们会再见的。"（啊！但是没有……再也没见过，我的小鸽子。）

当看到艾尔玛如往常那样优雅地向健身房门口走去时，学生们敷衍地和她低声告别。在这儿，艾尔玛心中满是同情，同情那些琢磨不透也永远无法解释的伤心事，她转过头，挥了挥戴着手套的小手，苍白地微微笑着。就这样，艾尔玛·利奥波德离开了阿普尔亚德学院，从此在她们的生活中消失了。

波蒂尔斯小姐看了看手表，说："今天下午我们下课晚了，姑娘们。"健身房里的光线总是很昏暗，现在迅速地暗了下来。"快点回自己的房间，脱下难看的灯笼裤，换上漂亮点的吃晚饭。"

"我可以穿粉色裙子吗？"伊迪斯想知道。女教师突然抬头看了看她。

"你想穿什么就穿什么。"只有罗莎蒙德还在磨磨蹭蹭。

"女士，要我帮你整理房间吗？"

"不用了，谢谢，罗莎蒙德。我的偏头痛犯了，我想独自待一会儿。"关上门，只剩空荡荡的房间。现在她才想起多拉·拉姆利没有带着校长回来。

拉姆利一只眼睛紧盯着钥匙孔，蹲在狭小的橱柜里，这个样子毫无尊严可言。真是太好了！她想，现在离开安全庇护所是很明智的决定，但她根本无法相信自己的耳朵。

"哦！勇敢的小蛤蟆出洞了！"唾沫星子湿润了多拉·拉姆利干燥的嘴唇。"你太无礼了，女士！"戴安娜一丝不苟地收起了乐谱，轻蔑地看了看低年级女教师，说："我应该猜到的！你根本没想过把我的话带给校长吧？"

"太晚了！有人看到我了……所以结束之前我最好还是待在这儿。"

"橱柜里？哦！真是只聪明的蛤蟆！"

"为什么不呢？女孩们做了这么丢脸的事。我什么都做不了。"

"你现在最好是帮帮忙，把这个可怕的教室整理整理。我可不想明早用人发现什么不对劲。"

"女士，问题是我们要对阿普尔亚德太太说什么呢？"

"什么都不说。"

"什么都不说？"

"听我的！就是什么都没发生。"

"你真是让我大吃一惊！如果可以的话，真想抽她们。"

"法语里'妙极了'这个词特别适合你，多拉·拉姆利。不幸，体面的人是不会用这个词的。"

拉姆利蜡黄色的脸被气得通红，"你竟敢这么跟我讲话！你竟敢这样！我自己去告诉阿普尔亚德太太，这里发生的一切可耻的事情。今晚就去。"

戴安娜小姐捡起地板上的一个瓶状棒。"看到这个了吧？拉姆利小姐，我手腕的力气可是出奇地大。除非，在离开这间房之前，你能保证，不向任何人透露下午发生的事情……否则我会狠狠地用这个打你。没有人会怀疑这事是法语教师干的。你明白我说什么吗？"

"你根本不配当可爱的年轻女孩的老师。"

"我同意。我从小就期待更加愉快的事情。然而！这就是生活。你保证吗？"

多拉·拉姆利绝望地望着紧闭的房门，她明白自己不可能带着扁平足和跳动的胸口冲过去。

法国女士悠闲地转动着瓶状棒，说："我可是很认真的，拉姆利小姐。不过我不打算告诉你我的理由。"

"我保证。"对方气喘吁吁地说，她全身发抖，脸色惨白，波蒂尔斯小姐则平静地把棒子放回棒堆。"天哪！这奇怪的声音是怎么回事？"

一阵刺耳的哭声，从房间远处的角落传来，那儿现在几乎一片漆黑。在这最不开心的下午，拉姆利小姐已经忘了松开让萨拉定在水平板上的皮带，这些皮带牢牢地把她定在了水平板上。

第十三章

　　阿普尔亚德太太最终是否得知了与之相关的事情，只能猜测了。在这种情况下，多拉·拉姆利会遵守对波蒂尔斯小姐的承诺——保持沉默。那天晚上，女校长主持了晚餐，她偶尔喜欢这样，除非是很饿，不然，学生们一般都会保持安静，遵守纪律。一小会儿闲聊是允许的，从表面上来看，除了萨拉·维伯恩由于偏头痛没有来，伊迪斯·霍顿向拉姆利小姐抱怨着右脸颊痛，戴安娜·德·波蒂尔斯没有发现任何不同寻常的事情。伊迪斯觉得肯定是在健身房上课时，坐在了风口上。波蒂尔斯小姐坐在桌子的一端，说道："健身房有时会有过堂风。"

　　女校长坐在桌子的另一端，她本可以熟练地撕裂一条食人鲨，现在却沮丧地切着羊排。实际上，她还有更为重要的事情。羊排只是她内心矛盾的外部象征，她担心两封信，一封是利奥波德先生的来信，另外一封是米兰达父亲的来信，这两封信放在桌上，还没有回复。然而，女校长觉得继续谈话能鼓舞大家的士气，于是强迫自己问右边的罗莎蒙德，艾尔玛·利奥

波德是乘东方快线还是乘铁行渣华去英格兰？`

"不知道，阿普尔亚德太太。艾尔玛今天下午在这儿就待了一会儿，我们都没跟她说上话。"

"我和姐姐都觉得，她看起来面色苍白，疲惫得很。"更善言辞的新西兰姐妹花开始尖声说道。

"真的吗？艾尔玛可是亲口告诉我，说她身体非常好。"校长沉甸甸手链上的金扣锁弄得盘子咯咯作响。她开始隐隐约约地感到坐在桌子另一端的波蒂尔斯小姐正奇怪地看着自己；她注意到女教师手腕上的绿宝石在闪闪发光，觉得它们太大了，简直不是真的。看到珠宝，她想起了利奥波德夫妇，据说他们在巴西有个珠宝矿。她狠狠地刺了一下羊排，决定如果有必要的话，熬个夜，星期五早上派汤姆赶第一个邮班，把那两封回信寄出去。

晚餐一结束，校长按时感谢了上帝赐予的米布丁和成熟的李子，她从饭桌旁起身，回到书房，关上房门，手里拿着笔坐到了那讨厌的书桌旁。面对如此危险的情形，被无数细枝末节所纠缠，大多数女人都会采取最简单的方法逃脱。例如，仍有可能以英国有紧急事务为借口，遗憾地永久关闭学院，甚至是卖掉学院，因为这会儿学院继续运营不知会带来怎样的后果。商业上怎么称来着？"商誉"。她咬牙切齿。这种可能性太小了！大家都在谈论着学院闹鬼了，天知道还有什么其他恶意的胡言乱语。她本可以关上房门舒坦地待会儿，但是她却时刻保持警惕。昨天厨师还不经意地向明妮提起：村里的"他们"说天黑的时候，看到奇怪的光在学院里移动。

过去，阿普尔亚德太太和亚瑟先生，共同携手，如履薄冰地闯过了一些难关。但他们从未遇到这种情况——掺杂着个人和社会灾难。光天化日之下，要拿把剑刺向敌人的心脏，是需要勇气的。但是，在黑暗处，扼杀一个无形的敌人却需要其他的才能。今晚，她迫切地需要果断的行动。是的，但是是什么行动呢？如果海茵岩那个该死的谜团没有解开，即使是亚瑟都无法制定出一个有效的方案。

那天，在专心回复那两封信前，女校长再三从抽屉底下拿出账本，细细研究。现在的结果显示，复活节结束后，新学期开学时，以前二十名学生中好像只有九名学生可能返校。她再次浏览了一下名单。最后划掉的是伊迪斯·霍顿，她妈妈蠢得让人无法忍受，今天早上才写信说对自己的独生女"另有打算"。几个月前消息传得太厉害了，学校蠢学生很容易改变想法。除去伊迪斯，只剩下九个名字，里面还包括萨拉·维伯恩。桌子后面的橱柜里放着瓶法国白兰地。她打开酒瓶，倒了半杯酒。她抑制住暴躁的情绪后，有了清晰而实际的想法。她再次坐到桌边，她没有写人称、用工整的笔迹书写，字迹丝毫没有流露出半点背景特征，但是却显示出拿笔女人坚强的意志。女校长贴完邮票，把信件密封好后已经将近三点了，她拖着疲倦的身躯上楼。

第二天相安无事地过去了。邮局送来巴姆菲尔警官的信，信上说道没有新消息可以报告，但是有一个来自罗素街的男人，他想下星期方便的时候拜访阿普尔亚德太太，有些家长认为，在野餐之前，学校应该强调一两点重要的校纪校规……风和日丽的一天，怀特海先生请了一天拖了很久的假，这一天他脱掉靴子读着《园艺报》。汤姆今天正常上班，他的脖子上戴着明妮的法兰绒衬裙的丝带，萨拉·维伯恩遵照波蒂尔斯小姐的特别指示，几乎一天都躺在床上。其他方面一切如常。

星期六，大家通常都忙着做日常事务和琐碎的家务。学生们缝缝补补；写信回家——借着桌上酒精灯的光，校长对她们的通信进行严厉地审查。天气晴好时，学生们会玩槌球游戏或草地网球，或者漫无目的地在操场上散步。汤姆在大丽花花床边，很费劲地和巴克小姐聊天，当赫西先生的马车驶进前门时，汤姆才可以轻松一下。没有行李需要卸下，只有一个和他年龄相仿的年轻男子，衣衫褴褛，带着一个破破烂烂的包，他吩咐赫西在没有得到指示之前，在离前窗远点的地方等着他。尽管他长相一般，但是汤姆立刻认出他，他就是拉姆利小姐那个自大的哥哥。这是几个月来，雷格·拉姆利第一次来学校看妹妹。女校长心想，我的天哪！他为什么要今天来？校长看着他戴上一双手套，抚平了那件破烂的外套，准备去按门铃。阿普尔亚德太太为自己可以在短时间内摆脱一个不受欢迎的客人而窃喜——如果有必要，就带点礼貌。第一次和他握手，校长就认为雷格是个十足难缠的家伙。简而言之，和他妹妹一样，都是令人讨厌的蠢蛋。但是他现在就在这儿，更确切地说是他那张不太干净的名片在这儿，上面是他在沃勒格尔镇的办公地址。"爱丽丝，你把拉姆利先生带进来，告诉他我现在很忙。"

雷格·拉姆利很阴暗、自大而且不太成熟，他是吉普斯兰一家商店的职员，收集着来自世界上任何角落的看法和观点，内容从女性教育到当地的消防队。女校长的手指不耐烦地敲打着桌子，她想着今天拉姆利会带谁走呢？是什么让他突然之间一路从沃勒格尔赶来？"早上好，拉姆利先生。我真希望你提前写信告诉我们你今天会来。碰巧我今天下午特别忙，你妹妹也很忙。如果感觉不适的话，把帽子摘下，放到那边凳子上吧——还有雨伞。"

前一天晚上，雷格大半个晚上都没有合眼，他想着自己要以权威人士高高在上的姿态，发出最后通牒。他不情愿地坐到一把凳子上，双腿夹着雨伞。"女士，我想说的是，昨天下午，没收到我妹妹的信之前，我也不想今天过来，真是让我非常担心。"

"是吗？我可以知道为什么吗？"

"因为这证实了我的想法，我妹妹不适合在阿普尔亚德学院工作了。"

"我不关心那些纯粹个人看法的事情。你们对于这么极端的说法有任何依据吗？"

"有的。很多理由。事实上——"他胡乱地摸着锃亮的口袋，"这里有一封信——我是怕你不在。要读给你听吗？"

"谢谢，不用。"她转过头，看了看时钟，"请你尽量简短地把你要说的告诉我。"

"好的，首先，媒体都很关注学校。我认为，自从在海茵悬崖——呃这些——呃，不幸的事情后，有关的报道很多。"

女校长不高兴地说道："我不记得媒体有提起你妹妹……？"

"也许不是我妹妹……但是你知道人们是怎么议论的。现在，打开报纸，到处都是这件事情，多拉这种受人尊敬的人，无论是和什么罪行或者诸如此类的事情牵连在一起，我认为都是不好的。"（如果小拉姆利的心和诗人的心一样，可以露出来给人看，那么上面肯定刻着"体面"这个词。雷格认为，除非你是基钦纳勋爵这种重要的人物，不然被媒体报道都不是件体面的事情。）

"拉姆利先生，注意你的表达方式。不是罪行。请说是谜团，这区别很大。"

"好的——谜团。阿普尔亚德太太，我不喜欢，我妹妹也不喜欢。"

"无论你和你那些沃勒格尔的朋友怎么想，我的律师们很有信心马上解开这个谜团。这就是你要说的全部吗？"

"还有，多拉告诉我，她想结束你们之间的雇佣关系，从今天开始，三月二十一日，星期六。事实上，马车在外面，等着我带她走；请你告诉她，她哥哥来了，要她把东西打包好，重的行李可以以后寄回去。"

正如他之后在火车上告诉妹妹的一样，在这时，年轻人注意到阿普尔亚德太太脖子上涌现出奇怪的斑驳的颜色，脖子上盖着网状的领子。他之前从来没有见过她的眼睛，如此地圆，圆得像对弹珠，好像要从脑袋上跳出来。这个老女人立刻开始谩骂。"啊，多拉。真希望你听到她说的话！幸好我完全掌控了情形，也没有回嘴。"

一个不相干的目击者可以观察到年轻人自己脸色变成奇怪的惨绿，而且明显在颤抖。

"你妹妹是个有红眼病的傻瓜，拉姆利先生。即使没有你的干涉，复活节之前我就该辞了她。当然，你清楚，由于她临时的决定违约了，所以她拿不到薪水。"

"我不太清楚这个。但是，这可以后面商量。顺便说一下，我想她希望你写封推荐信。"

"我猜她会想要的！我稍微写点真实的情况在里面，她就不可能找到一份工作！"她的手用力地敲击吸墨器，吸墨器差点都要从桌上掉下来，拉姆利先生也在那跳了起来。"拉姆利先生，我是个诚实的人，如果你还不知道的话，那就让我告诉你，你妹妹脾气很坏，是个自大的蠢蛋，她越快离开这儿就越好。"她拉了手肘处的铃铛，从桌边站了起来，"请你在大厅等着，一个女仆会把你妹妹带过来，你可以告诉她马上收拾东西。如果她快点的话，你们可以赶上墨尔本的快车。"

"但是阿普尔亚德太太！我坚持认为你要听完我说的话！你肯定希望知道我对这些事情的看法吧？我的意思是有太多的人——"书房的门已经关上了。雷格抑制住心中的愤怒，帽子也没戴，独自站在大厅里。辩论失败，他很苦恼，自尊严重受挫，他坐在一把红木的靠背椅上，不得不竭尽全力消磨时间，想方设法在不丢人的情况下去书房拿回帽子。

一个小时不到，多拉·拉姆利就收拾好她那少得可怜的衣服和一些私人物品——一把日本扇子，一本生辰簿和妈妈给她的深红色戒指——她把这些装进了柳条篮子，几个袋子和棕色的纸包裹里，上了赫西先生的马车，坐到哥哥旁边。不用说，在无数双看不到的眼睛的监视下，马车迅速地驶离了车道。好奇心有多种独特的表达方式，比如说话时眉毛上扬、点头、摇头或耸肩。星期六晚上，二十一名学生对学校的好奇近乎疯狂。尽管严格规定要保持安静，但是，耳朵足够敏感的话，可以察觉到楼梯上和楼梯平台上传来的昆虫似的嗡嗡声，持续不断；这种默默无语的嗡嗡声，引起了女性的好奇心，但是直到那时为止，她们的好奇心尚未得到满足。下午，她们看到拉姆利小姐和她哥哥一起离开，匆匆忙忙地打包了乱七八糟的行李并放上了箱座上，这引起了学生们最疯狂的猜想。低年级女教师是不是真的要永远离开学院了？如果真的是这样，为什么这么慌忙？大家都普遍认为，拉姆利小姐不会错过一次壮观告别的机会。女仆反反复复被人问起，这个哥哥来的时候说了什么？他在大厅里待了多久？爱丽丝告诉拉姆利小姐，她哥哥带着马车在下面等她时，拉姆利小姐说了什么？每件神秘的事情都成了这暗淡无光的日子里的趣事，可以让大家放松放松。很长一段时间里，多拉·拉姆利和她那个令人难以忍受的哥哥，都成了人们取笑的对象。

在这个房子里，只有萨拉·维伯恩对拉姆利小姐的离去表现得毫无兴趣，她一下午都是拿着本书，在操场上散步。波蒂尔斯小姐为这孩子越来越苍白的脸色担忧，决定"自告奋勇"要求阿普尔亚德太太派人去把麦肯齐医生请来。自从健身房那一幕发生后，戴安娜意识到一股新的怪力。她不再害怕阿普尔亚德太太发怒，老天的愤怒使阿普尔亚德太太的愤怒显得相形见绌。

星期三之后，还有五天就是复活节，星期三那天学院就开始了复活节假期。以后，阿普尔亚德学院就只是波蒂尔斯小姐躺在路易斯的胸膛里做的一个噩梦。罗莎蒙德看了一眼餐桌，在爱尔兰炖肉的盘子上面，看到她突然笑了一下，准确地猜出了她的心思。没有波蒂尔斯小姐可爱的倩影，在学院的生活将会让人难以忍受。她想："我为什么要和这些蠢孩子一起待在这儿？"她打算要求爸妈复活节让自己回家，永远不来学院。

除了萨拉·维伯恩，阿普尔亚德太太同样也需要麦肯齐医生过来看一看。在过去的几个星期，她瘦了一圈，那身全真丝的裙子都耷拉在硕大的屁股上。松弛的双颊有时苍白而且凹陷下去了，有时掺杂着暗红色"胀得圆鼓鼓"，就像布兰奇对伊迪斯悄悄地说的那样，"像条在阳光下放了太久的鱼"。她们在女神阿佛洛狄特的影子下咯咯地笑，看着女校长缓慢地从大厅爬上楼梯。在上第一个楼梯平台时，校长看到明妮从后楼梯走过来，手里端着托盘，托盘上放着蕾丝边的桌布和日本瓷器。校长讽刺地问道："这个房里有病人吗？"

不像厨师和爱丽丝，明妮从不会被阿普尔亚德太太给吓住。"这是萨拉小姐的晚餐，波蒂尔斯小姐看星期六晚上年轻女生们都没有家庭作业，而且这个孩子身体不舒服，就让我拿点东西给她。"

女孩刚走到萨拉房间的门口时，阿普尔亚德太太已早早地回到她那间宽敞的房间，房间就在书房的楼上，太太把她叫了回来。"请告诉萨拉小姐，在我去找她说话之前，不要熄灯。"

萨拉坐在床上，身体非常虚弱，她披着沉甸甸的头发，散落在她窄窄的肩膀上，一直看着，明妮想，多亏那发烧的通红的脸和黝黑、闪亮的眼睛，还是很漂亮。"看，小姐，波蒂尔斯小姐特别吩咐我带给你一个煮鸡蛋。果冻和奶油是我为你从校长的盘子里挤出来的。""拿走，我不会碰它。"

"唉，萨拉小姐，这真是孩子气的话！你是个十三岁的好女孩——对吧？"

"我不知道。即使是我的监护人也不清楚。有时我觉得自己几百岁了。"

"离开学校后，你就不这么想了，所有的男孩都会追求你——小姐——你需要一些有趣的事。"

"有趣的事！"这个孩子重复地说，"明妮！过来，到床边来，我告诉你一个秘密，这个秘密只有米兰达知道！她答应了绝对不会说出去。明妮！我是在一家孤儿院长大的。有趣的是，即使是现在我还是会梦到，然后就会睡不着。一天，我告诉他们，我觉得成为一名马戏班女演员，穿着闪闪发光的裙子，骑在一匹可爱的白马上，这会很有趣。保姆怕我会逃跑，给我剃了个光头。我咬了她的手臂。"

"好了，小姐，别哭了。"好心的明妮尴尬得要命，"看，宝贝，我把托盘放在脸盆架上，可能你会改变主意。我记起来了！女校长要我告诉你，在她过来看你之前，别关灯。你确定不想尝一点果冻吗？"

"一点都不想！就算很饿，我也不会吃！"她把脸转向了墙壁。

在开往墨尔本火车的一间二等车厢里，雷格和多拉·拉姆利一直不停地聊天；妹妹偶尔一边轻拭着愤怒的泪水，一边发出一些感叹词："太荒谬了！哦，当然不！你别说！她怎么这么大胆！"一站接一站，夜幕降临了，雷格已经开始想方设法索取整个学期的薪水，他认为这是最要紧的事。

"为什么，多拉，我们都知道这个老女人可能会随时破产——或已经开始破产了。"

当火车驶进了史宾沙街站时，多拉决定跟随哥哥回到沃勒格尔，为年迈的婶婶做家务，破旧的小屋里住着三个人。"我认为，多拉，你可能是大错特错。毕竟琳达婶婶不可能长命百岁。"伴着启发人心的话，他们下了火车，乘电车去体面街道上的一家体面的小旅馆。哥哥甚至在此之前就预订好了两间便宜的单间，房间位于后厅，多拉对这有主见又能干的哥哥充满了敬仰之情。他们恰好赶上了吃宵夜的时间，他们吃了一些冷羊肉，喝了浓茶之后，疲惫地来到房间睡觉。凌晨三点时窗帘被风吹起，搁在窗帘旁的一盏煤油灯，掉到地板上。火焰开始点燃破烂不堪的墙纸和表面的油漆。滚滚浓烟从楼梯处的窗户涌入街道，无人察觉。几分钟的时间，整个后厅燃起了熊熊烈火。

第十四章

　　雷格·拉姆利最后的退场，尽管比较风光、体面，也带着耸人听闻的关注。这个年轻的男人，像凤凰一样，在熊熊燃烧的宾馆中重生，在五颜六色的火焰中涅槃。沃勒格尔商店是他工作了十五年的地方，这十五年微不足道，但他也在工作中有过争论，有过滔滔不绝。现在商店放了半天假，来举行拉姆利的葬礼。死者或许有也或许没有感谢这种公开的致敬方式的想法，但事实上，他的感激最终不可能会说出来。

　　在前面一章中，已经讲到了海茵岩事件中的一个片段是真的着火了。五周之后，在城市里的宾馆起火。然而在着火的这周末，另一个片段在湖景区旁山边的迷雾中冻结停滞了。迈克已经来城镇一个星期了，菲茨赫伯特一家人也回到了图拉克过冬。迈克这时候才想起来律师的来信，让迈克去马其顿山待两三天。二十一日，周六晚上，艾尔伯特在马其顿车站与迈克和他的矮脚马碰面，其实那天他的火车就在拉姆利去墨尔本的火车后面。双轮马车走在干净的栗树大道上时，下起了雨夹雪，但也难以察觉。"今年的冬天来得早，"艾尔伯特说，边说边卷起了衣领，"不要指望这些警察在冬天就能查出来。"大街上，只有几盏灯照耀在平时灯火通明的屋子里。"厨师还没有回去度假，但其他的一些家伙已经跟着菲茨赫伯特一家人去图拉克了。你以前住的房间给你准备好了，而且生了火。"他咧嘴笑着说道，"你知道怎样用柴生火吗？"微弱的灯光燃烧在大厅里，透过客厅开着的门，他们可以看到包裹着的沙发和椅子。"这里没什么生气，对不对？你最好吃完饭，来我的马厩。上校离开这里时给了我一瓶格罗格酒①。"但迈克却有点累，提不起精神，不过，答应明天过去。

湖景区的房子已经失去了往日的景象，现在显得枯燥乏味、毫无生气。湖景区只是他叔叔和婶婶舒适的度假地，完全没什么个性。迈克在炉边吃着托盘里的连骨肉，隐隐约约意识到湖景区和哈丁汉姆庄园的不同之处，哈丁汉姆庄园墙上长满常春藤，还可以长存几百年，主导着一代又一代的菲茨赫伯特家族，有时候，这个家族也为了诺曼塔的生存而不远千里去打仗，甚至牺牲了生命。

第二天早上，律师的信正如迈克所期待的那样，塞到了客房里写字台小抽屉的后面。今天是星期日，艾尔伯特去参加边远的农场有关赛马的神秘的活动，迈克则在空地上漫无目的地转了很久。大概中午时分，四周的雾气渐渐散去，在淡蓝色天

---

① 一种烈性酒。

空的映衬下，松树林清晰可见。吃完午饭，太阳出来了，发出一阵阵淡蓝色的光芒，迈克漫步走向小屋，迎面而来的是卡特勒夫妇敞开的双臂，在舒适的厨房里，他们拿出热茶和司康饼款待迈克。"艾尔玛小姐还好吗？你不知道我们有多想她。"迈克坦白地说他在城镇的时候没有看见过她，但是知道她星期二的时候会去英格兰，卡特勒太太的脸上露出惊讶的表情。迈克一离开，像多数亲近大自然的人一样，卡特勒先生注重基本的规律，温和地说："我老觉得他们应该有什么。可惜！"

他妻子叹气道："当他以那种随意的口吻谈起可怜的小艾尔玛的时候，我简直不敢相信我的耳朵。"

近黄昏的时候，迈克向湖边走去，干枯的芦苇和光秃秃的柳条像蜻蜓点水一样，时不时地沾点在小湾中（夏天，这是平底船的阴凉停泊点），迈克感到有点不安，郁郁寡欢。天鹅消失了，没有阳光照射的黑斑点点缀在睡莲深绿色浮叶上。夏天的下午，他看到橡树旁天鹅在蛤壳上喝水，现在，橡树已经光秃秃了，直指天空。他能听到远处，一座木桥下，溪流从森林里直泻而下的声音。潺潺的水声更加凸显了一天的漫长与寂静。

他一吃完晚饭，就拿着悬挂在走廊一侧的马灯去了马厩。外面还下着毛毛细雨，夹杂着雪。艾尔伯特的窗户旁，有一盏灯，他用靴子踢了踢活板门，门开了，他就是以这种方式迎接客人的。桌子上，有一瓶威士忌和两个杯子。"不好意思，我这里没有烟囱，不好生火，但是格罗格酒可以驱寒，厨师敲门给我们送了一块三明治，你随便点。"迈克觉得这里有隆重的欢迎氛围，而且特别舒服，而这，是在他叔叔的房间里体会不到的。"假如你是个已婚男人，"他边说边坐在了已经损坏了的摇摇椅上，"你可能会成为女性杂志上所谓的家庭主男。"

"我想尽我所能弄舒服点——如果这就是你的意思。"

"不只是那样……"有时候许多事情，觉得很复杂，不知道从何说起。"我想有一天在你自己的房子里见你。"

"哦，你会的，你会吗？即便我有钱稳定下来，养几个小孩子，迈克，我还是会到处游荡。你和大人物一起住城市，感觉怎么样？"

"一点都不好，婶婶只想着给我安排一个个可怕的派对。我还没有告诉他们，我会去北部一周或者两周，应该去昆士兰。"

"我没去过什么地方，只是到过有水的布里斯班，还有内陆城市图文巴，就住了一晚上，我以前就告诉过你，我和一些相当狠的暴徒在一起。"

迈克深情地瞥了一眼这个脸呈砖红色的人，在闪烁的蜡烛灯光下显得比他所谓的剑桥的朋友真诚多了，那些剑桥的朋友，可以把裁缝的账单拖上几年，而且从来不错过去酒吧过夜。"为什么不和我一起去北方度假？"

"哎呀，你说真的？"

"当然是真的。"

"你想到哪里去？"

"我想看看很大的养牛场，就在边界附近，叫贡迪温迪。"

艾尔伯特沉思了一会儿，"我很容易在这两个地方找到工作。同时，迈克，我放心不下你的叔叔还有这些马，除非我找到了合适的人来照看湖景。总的来说，这个老家伙对我还挺好。"

"我理解，"迈克说，"不管怎样，从现在开始留意，找适合的人来管理湖景区，我想好计划后马上写信给你。"眼下，他们没有谈到钱，现在谈论给艾尔伯特提供去昆士兰的车票还不太合适。这个不透风的小房间，加上威士忌，还有两盏蜡烛，让人感到很舒服。迈克自己又倒了一杯酒，他感觉一阵愉悦渗透到他的血管里。"我小时候以为威士忌是一种治疗牙痛的药。我的保姆经常用棉花蘸到瓶子里。后来，我发现威士忌在我不能入睡的时候也有帮助。"

"还想着那该死的岩石？"

"我情不自禁，晚上的时候总会浮现，在梦里。"

"说到梦！我昨天晚上梦见了个女的。简直就跟真的一样。"艾尔伯特说。

"告诉我，自从来到澳大利亚，我就成了噩梦专家。"

"也不是个噩梦，不是……哦，该死，我解释不了。"

"继续说下去，试一试！有时候梦是那样真实，我都不确定那到底是不是梦。"

"我睡得相当死，周六睡得很晚，可能到了午夜才上床去，突然间，我就像现在一样清醒，在房间里，有发臭的蝴蝶花，我睁开眼睛，看看是从哪儿来的。我从不知道蝴蝶花还有那种香味。透露出一种秀丽，很容易察觉。听起来很蠢，对不对？”

“对我来说不是，”迈克说，他的眼睛盯着朋友的脸，“继续。”

“我睁开眼睛，房间里面像白天一样亮，但是外面如地狱般黑。我现在告诉你的时候才觉得有趣。”他停顿了一下，点燃了急士顿牌香烟，“那就对了，就像气体扑面而来。她站在床尾，正是你现在站的地方。”

“谁？谁在那？”

“哎呀，迈克！做了个糟糕的梦不用叫就起床上班了……”他推了推桌上的瓶子，“我儿时的妹妹。你记得吗，我告诉过你的，她是蝴蝶花迷，她好像穿着睡衣。这对我来说也没趣，现在也没发现有意思。她和我最后一次看到她时一样……我想，大概六七年前，现在都忘了。”

“她说了什么吗，还是只是站在那里？”

“大部分时候是站在那儿冲我笑。‘你还认识我吗，博迪？’她说。我说：‘当然还认识你。’‘哦，博迪！’她说，‘你纹着美人鱼的手臂，你张大嘴巴躺着的姿势和缺了的牙齿，我怎么都不会忘！’我只是坐起来更好地看她，当她开始……当一个人开始像迷雾一样消失时，你究竟怎么形容的？”

“透明。”迈克说。

“对，你怎么知道的？我喊出来：‘嗨！妹妹！不要走。’

但是几乎看不见她了，不过能听见她的声音，我可以像现在听你的声音一样听见她的声音。她说：'再见，博迪，我大老远跑来看你，现在得走了。'我喊出了再见，但是她不见了，我看得很清楚，她穿过那个墙壁……你认为我很糊涂吧？"

糊涂！艾尔伯特子弹头式的脑袋紧紧钉在方形肩膀上，他不信人们敬重的神人，那又怎样呢？如果艾尔伯特都糊涂的话，那么没有必要信任任何事了，也没必要期待任何事，或者祈祷任何事了，上帝也没法信任了。自打保姆拽他去村庄里的教堂上主日学校时，就逼他信仰上帝。在红绿色的玻璃窗户上，有一位上帝，看起来很恐怖的老人，像他的祖父哈丁汉姆伯爵，坐在一朵云上，干预下面的所有人，惩罚那些不道德的人，关心花园里从巢窝跌落下来的麻雀，时刻保护着皇室家族的庭院，挽救遭遇海难——威廉所描述的"在海上历经危险的人们"[①]……寻找、挽救在海茵岩失踪的女孩们。所有这些都在迈克的脑海中闪过，杂乱的意象根本就无法消化，更不用说和人交流，他坐着盯着朋友看，咧嘴笑了笑，又重复道："糊涂！你就等着吧，一直等到再做个糊涂的梦！"迈克起身，打了个哈欠，"不管糊不糊涂，你行的，艾尔伯特，我再喝一杯就走，晚安。"

第二天早上，迈克在吃早饭，雾已经消散，太阳不知道什么时候升起来了，阳光还没有照射到马其顿山花园的阴影处。

---

① "在海上历经危险的人们"出自威廉·怀亭所作的圣歌《天父救人有大权能》（*Eternal Father, Strong to Save*）。

他从餐厅里的窗户往外看，这是他最后一次看这个小湖，湖面仍然还是深深的阴影，就像一块冰冷的灰色平板石。马其顿山夏天的美已经被夺走了，很可能和剑桥大学一样湿冷、荒凉。他拿起箱子，穿上大衣，走到了马厩处时一直在颤抖。艾尔伯特驱车送他去赶墨尔本的火车，他边用管子冲洗砖头，边吹着口哨，托比拉的两轮马车已经准备好了。

结实的矮脚马已经急着要出发了，它甩着小头，铃铛叮叮地响起来。"抓紧时间，迈克，这个小家伙张大了熨斗一般的嘴，但是你上来我可以控制住它。"

当艾尔伯特看见马其顿山上的男孩的时候，猛拉了小马一把，让它停下来，这时正好从小道上转入公路。这个小男孩骑着他姐姐的自行车，摇摇晃晃，一只冻僵的手拿着早晨的信件。"这是厨师的止咳药片，克伦多尔先生，给你好吗？前不久，有你的一封信。"

"开什么玩笑？没人会给我写信的。"

"我识字，不是吗？你的名字叫 A.克伦多尔先生，难道不是吗？"

"那，给我，没有，我要成为坏家伙了。究竟谁给我写信了？"他没有期待回答，给男孩让了一条路，男孩骑着自行车摇摇晃晃地愤怒而去，车道又恢复了平静，他们一直驶向马其顿车站。距离火车来还有十分钟，艾尔伯特和车站站长友好地交谈，车站站长邀请他们去他的办公室取暖。

"你不打算打开你的信吗？"迈克问，"不要介意我。"

"告诉你吧，我不太聪明，不认识这么漂亮的书写。最好是印刷体，你给我读出来怎么样？"

"天哪，肯定有些私人的东西。"艾尔伯特咧嘴笑了，"不会的，除非警察就在我后面，开始吧。"艾尔伯特对图文巴的监狱毫无顾忌，对于打开自己的信件，把信大声地读出来也毫不介意。他仍然感到好奇，并且催促迈克读信，迈克在家的时候，男管家把家族信件一排排整齐地放在宝石桌子上，个人隐私是神圣的。迈克觉得自己在抢劫银行，他拿起信，打开它，开始读起来。"这是从加勒菲斯酒店寄过来的。"

"不知道什么地方，是哪里？"

"至少是在那里写的信，然后再寄的，来自弗里曼特尔①。"

"别废话了，告诉我写了什么，到家后我再好好消化。"

这是艾尔玛的父亲寄来的信，感谢艾尔伯特·克伦多尔先生在悬崖上出力救了他的女儿。我知道，你是一个年轻的小伙，还没有结婚。你如果接受我和我的太太给你的支票作为我们对你永远的感激，我们将会很高兴。从我的律师那里我知道，你现在在给人当私人马夫……如果你以后想要换工作，不要犹豫，一定要写信到我的银行地址，如下……"天哪！"如果有更多的话语，已经被进站车辆的鸣叫声打断了，迈克把信

---

① 珀斯市西南 19 公里处，建于 1892 年的弗里曼特尔是天鹅河的出海口，也是珀斯的卫星城和重要港口，更是一座历史名城，目前是珀斯的著名观光胜地。

推到了艾尔伯特看似冻僵了的手上，拿起箱子，车子一驶入站台，他就跳上了最近的卧铺包间。五分钟后，艾尔伯特还是站在站长的火炉旁，盯着支票，一千英镑。

小镇上的宾馆都还没开门，但是多诺万车站宾馆的多诺万先生已经被不断的敲门声惊醒了，他仍然穿着睡衣，从紧闭的酒吧侧门出来了。"到底有什么事……，哦，是你啊，艾尔伯特！见鬼，我们一小时之后才开门。"

"我不管你们关门或者开门。两杯白兰地，快点。这该死的矮脚马站不起——"多诺万先生已经很好地适应了那些在早饭之前就要喝烈性酒的人，开了酒吧的门，拿来一瓶酒和杯子，什么也没问。

此刻，艾尔伯特身心的状态和以前他在卡斯尔梅恩奇景跑十圈精疲力竭的时候一样。他正赶回家，走到一半时在小镇大街上，他看到了爱尔兰人汤姆从学院出来，驾着一辆有罩篷的马车在马路对面。艾尔伯特没心情和他或者和任何人聊，只是用鞭子挥了挥打个招呼。但汤姆在路边石旁停了下来，匆忙地点了点头，也很愁眉苦脸，不愿意让马放慢速度。不久，汤姆从马车上下来，把缰绳套在温顺的棕色母马的脖子上，穿过马路，到两轮马车边。"艾尔伯特！自从那天星期日在悬崖上，看到了你和约翰一家，以后再也没看到你了。读了早报吗？"

"还没有。我不怎么读报，只是看赛马。"

"你也没有听说过这个消息？"

"天哪？不要告诉我他们已经找到了那两个女孩？"

"哦，不是，没有关于那件事的消息，可怜的小伙！看这里——头条新闻——城市宾馆着火——兄妹两人被烧死。天啊！多么悲惨的结局！我早就对明妮说过，'迟早会出的事'。"艾尔伯特匆忙地看了这段新闻，新闻说这对兄妹在去沃勒格尔的路上，多拉·拉姆利先前在宾馆里登记的地址是"阿普尔亚德学院伍登德本迪戈路"。艾尔伯特在听到有人这么不幸，躺在床上活活地被烧死，他感到非常难过，但是，此刻，他脑袋里想着比这更重要的事情。"好吧，我现在要走了。托比不喜欢长时间在那里等。"但是，汤姆还想在马车旁逗留一会，再聊聊，"马有点漂亮哦，艾尔伯特。"

"很活泼，"艾尔伯特说，"小心你的手，当它拉两轮马车时不喜欢别人摸它的尾巴。"

"我不是在责怪它。在学校也有个像它那样的。顺便问一问，你知道马其顿有哪里需要结了婚的夫妇？我和明妮在复活节周一那天结婚，结婚后我们想找工作。"

艾尔伯特还是因利奥波德先生的来信多少受到了影响。他急着要回去，在他自己的小阁楼房间里，再把信读一遍。当他收起缰绳的时候，听到了工作这个词才惊醒过来。汤姆又继续说："明妮的婶婶在朗斯代尔角①开了一个酒馆，想让我们过去帮忙，我告诉你了吗，我们要去那里度蜜月？但是我自己喜欢

———————————————
① 澳大利亚的一个小镇。

194

和马打交道，你不知道，明妮对马像仙女一样挑剔，尽管我跟她说，马肯定不会和她的银饰品那样。"

"我会给你留意的，汤姆。复活节后，从赛马的日程表上我会知道一些，但你不可能知道。再见。"于是，他向马其顿路的高处走去。

于是，我们可以看到，马上，汤姆就会穿过马路，去驾马车，他和明妮的幸福家庭超越了他们的想象。另外一个片段的野餐模式近乎完成了，但是在这中间，确实蕴藏着极大的幸福，而且谁也猜不到未来的欢乐：一座舒适的小屋在湖景的马厩旁建起来了，而后，慢慢地，汤姆的孩子成群。随后，孩子们中的一位成了考尔菲尔塔赛马场的马夫，并且在第二十七届考尔菲尔塔赛马杯上取得了第二名，为自己和父母赢得了永久的名声。在这点上，我们不再关心汤姆和明妮的财富了，毕竟，他们都只是学校谜团的很微小的人物，学校谜团呈现出了新的不可预测的转折点，他们幸好没有卷入其中。

艾尔伯特一卸下托比身上的马具，就坐在摇椅上，拿出从火车站一路塞在右边屁股口袋里的利奥波德先生的信。通过几次吃力地辨认信的内容，他把地址和所有的内容都熟记于心了。不识字的群体都是根据自己知道的实际信息来读信的。从没有写过信的农民是根据季节播种收割，没有必要在笔记本上写上日期。在伍登德，艾尔伯特总是很清楚地知道托比要剪鬃毛的日子、母马要装蹄铁的日子。他小心翼翼地把支票放在床下面的罐子里，其实没必要再读了。蜡烛燃烧了一小截后，他坐下来，反复地思考。今早几句不经意的话，也就决定了汤姆和明妮的命运，还有艾尔玛的父亲，他慷慨冲动的一瞬间，改变了艾尔伯特整个生活。用个人财富的催化剂来平衡绷紧的神经，而这几乎像是我们平时发生的事情，就像早餐是吃水煮蛋还是荷包蛋。周一晚上，马夫喝过茶后，坐在摇椅上，没有想到已经开始走上了没有归路、漫长且具有重大影响的旅程。

艾尔伯特想，他可以度个小假。他一直想去昆士兰看看，那么，现在是个好机会？比起今晚必须至少要写的三封信来，做这个决定很容易，简直就没什么压力。写这三封信，要向厨师借信纸、信封，还要到处找钢笔，钢笔上还蘸有一层陈旧的紫色墨水。尽管他有些小小的困难，但是，他知道怎么样回这三封信，他面临的问题不是那些比艾尔伯特书写得好、字迹清晰的人所面临的问题。在他开始写第一封信之前，钢笔尖已经弄得很干净了，信写得很顺，他以亲爱的利奥波德先生开头，您是一位父亲，当我早上（三月二十三日）收到您的来信和支票时，吓了我一跳。在写完这个后，作者想到，除了偶尔收到点小费，还有上校的圣诞礼物，在他的印象中，除了今天的这个重大礼物外，再也没有收到过其他礼物，只是有一次，他在孤儿院的时候，一位好心的老人给了他一本《圣经》。对于这一千英镑（放在罐子里，实实在在）的大礼，看来不能仅仅只是写些感谢的话。先生，我还是个小伙子，当然，我从来没有挣过这么多钱，我十二岁时就开始养活自己，我以前从来没有过这么多钱，我在到处找纯血统的马——大概十四掌高，有一匹很好的马，要三十英镑的现金，如果我有就好了，现在我有了，我很感谢你的慷慨。剩下的钱先放在银行，我还没想好做什么。利奥波德先生，一直到午夜，我都被你慷慨的礼物所吓倒了。再次感谢，祝你和家人长寿，繁荣幸福。

感谢你的

艾尔伯特·克伦多尔

好像还有些话要加在附录上，他也花了同样的时间来写剩下的信。在悬崖上，我为你女儿所做的根本就没什么。这儿的人都会这样跟你说。是我的好伙伴救了他，他的名字叫迈克尔·菲茨赫伯特。不是我，艾尔伯特·克伦多尔。

第二封信是给上校的，这封信相对来说简单些，找个双方都方便的时间，通知马夫，推荐来自学院的汤姆来管理马厩，他是个极好的人。你是个很好的老板，对我很好。我很感激。如果你在春天来临之前想要郎萨的马鞍，它就悬挂在我房间里的钉子上，天气湿润，最好是保持干燥。您忠诚的艾尔伯特·克伦多尔。

最后一封信，是给迈克的，在匆忙中飞快地完成的，写字的速度像风一样一划而过。迈克知道他没工夫拿钢笔。亲爱的迈克，哎呀，兄弟，那张支票简直就是个美丽的女人。对其他的话没什么兴趣，除了这最后的一句话：什么时候和迈克在城市里见一面，你知道伯克大街的邮局宾馆吗？我们可以在那里喝一杯，然后找个时间去昆士兰？我已经写信给你的叔叔了，把湖景区的工作处理好了，你定个时间。艾尔伯特。

第十五章

　　三月二十二日，一个周日早晨，阿普尔亚德女子学院正忙着准备常规事情，学生们已经排好队，准备去伍登德的教堂。对于这个骇人听闻的消息，不管有没有规定，人们都会说些闲话，因此，周日这枯燥乏味的一整天，学校特意避免和外界进行一些不必要的联系，对耸人听闻的消息置之不理。拉姆利住的宾馆里，没有周日新闻，也没有晚餐，只是木头在苍白无力的秋日阳光下闷燃。实际上，周日是巴姆菲尔警官的休息日，今天在凯尼顿钓了一天鱼。午夜，他高兴地回来了，还带回一条黑鱼，周一早上，可以烤了当早餐。但是，吉姆的到来残忍地打破这顿美好的早餐，他来咨询从墨尔本报纸得来的消息，在他的脑海里，无名女仆戏剧性的死亡，可以马上联想到快要遗忘的学校谜团。

　　周日那天，学校缺人手，波蒂尔斯小姐和巴克小姐都被叫去帮忙了。明妮今天本是休息的，她也像昨天一样，也正在打扫。这位善良的女仆，今天都要加班。她擦完食品储藏间桌上的银餐具后,透过窄窗户,她看见两位老师在汇集戴手套和帽子的学生去等马车。不久,汤姆、爱丽丝、厨师都上了马车。明妮刚刚走进通往大厅的门,看见校长跑着下楼,一只手里拿着看起来像是小篮子的东西,这让她很吃惊。校长看见明妮,停了下来,靠在楼梯的栏杆边。明妮想,校长是不是有点头晕。校长向她示意。"明妮,今天肯定是你的休息日啊?"

"没关系,校长,"明妮说,"我们从昨天起就一直在。"

"来书房一下,爱丽丝今天在吗?"

"不在,校长,汤姆带她和厨师坐马车去教堂了。你叫她有什么事吗?"

"没什么事,反倒你看起来很疲惫,明妮。怎么不去躺下休息?"(自从星期四以来,可怜的汤姆都没有想到这点,从没有说过一句同情的话。)

"我会先趴在桌上睡会儿。怕有人会叫我。"

"也是,我正要告诉你,今早我在等科斯格罗夫先生。他是萨拉的监护人。他来的时候,我可以从窗户里看到,我自己给他开门。"

"那样,校长,不太好吧。"明妮颤抖着说,因为肚子突然一阵疼痛。

"明妮,你是一个值得信赖的好女孩。应该在你的婚礼上奖励五镑。现在,照我说的去做,可以下去了,在科斯格罗夫先生来之前,我还有些公事要处理。"

"上帝啊,汤姆,"明妮那天晚上说,"这个老女人看起来很糟糕——脸色像粉笔一样白，呼吸起来像蒸汽机。五镑？你用一根羽毛就可以击倒我。"

"多么伟大啊，奇迹总会发生。"汤姆说道，他手臂放在明妮的腰间，冷不丁地给了明妮一个深深的吻。他对了，奇迹永远也不会消失。

波蒂尔斯小姐从教堂一回来，脱下帽子和面纱，脸上补了点无色粉，嘴唇上涂了唇膏，就去校长办公室了。那时候快到一点钟了。要是平常这时候，门肯定是锁着的。"请进，小姐，怎么了？"

"我有话对您说，校长，午餐前？关于萨拉的？"波蒂尔斯知道萨拉绝对不是校长最喜欢的人，她还没有准备好怎样跟校长说。校长的脸皱了起来，像一阵邪恶的风一样。"萨拉·维伯恩怎么了？"她卵石似的眼睛充满了警觉，后来，戴安娜判断，可能校长很害怕她即将要说的话。

"我还是告诉你吧，波蒂尔斯小姐，你在浪费我和你的时间。萨拉·维伯恩今天早上和她的监护人一起走了。"

戴安娜没有控制住，"哎呀，不，不！昨天我看她的时候，这个可怜的孩子身体不适，不宜出走。实际上，校长，我来是想跟您说萨拉生病的事。"

"今早她看起来状态很好。"

"啊，可怜的小孩……"①

---

① 原文为法语。

校长狠狠地瞪了她一眼："一个麻烦的人。一开始就是。"

　　"一个孤儿，"波蒂尔斯小姐大胆地说，"必须有人要为这些孤独的人感到抱歉。"

　　"实际上，我在考虑下学期还接不接受她。毕竟，到后来这都能解决。科斯格罗夫坚持要带着她到处走。这很不好，但我也没有其他选择。"

　　"您太让我惊讶了，"波蒂尔斯小姐说，"科斯格罗夫先生是那样一位有魅力且很有礼貌的人。"

　　"小姐，男人经常在这些事情上考虑不周。你会马上自己发现的。"她仍然警觉的双眼下，露出苦笑的表情。

　　"萨拉的东西，"戴安娜站起来，"我后悔没有在这里给她打包。"

　　"我亲自帮萨拉把她最想要的东西装进了有盖篮子里。科斯格罗夫在楼下等着，他很匆忙急着要走——他有一辆马车，或者他雇了一辆。"

　　"我们可能从教堂回来的路上错过了，我真的很想见到他们，跟他们挥手告别。"

　　"你是一个感性的人，小姐——一点也不像你的同伴。不管怎样，就是这样——这个小孩走了。"戴安娜还是靠着门。她再也不用害怕这个小小的女生，穿着裂口的塔夫绸睡衣，装成是一个老人，渴望休息，渴望热水壶以及女性的仁慈。

　　"你还有什么要说的吗，小姐？"戴安娜想到这位优雅的奶奶每天下午都要在躺椅上休息两个小时，于是，大胆地问她要不要为她请麦肯齐医生给她看看。每年早秋……都会有些疲劳……

"谢谢……不用，我的睡眠一直不好。现在是什么时候了，昨晚忘记拧发条了。"

"一点还差十分钟，校长。"

"我待会儿不吃午饭，请告诉他们不用给我留位置。"

"也不用给萨拉留。"戴安娜莫名其妙地说。

"也不用给萨拉留。你脸上的那是胭脂吗，小姐？"

"美容粉，阿普尔亚德太太。我发现它可以让人变美。"

这个没礼貌的粗野女子一走，校长就站起来到桌旁的橱柜边弯下身子，她的手颤抖得厉害，她几乎不能打开橱柜的门。她用穿着黑色羊皮拖鞋的脚狠狠地踢橱柜，门猛地打开了，一个小小的有盖篮子掉在地板上。

后来，校长一个人在自己的小房间里，很早就上床睡觉了。第二天早上，总有一些好心人，发现了一些坏事后，找点安慰——爱尔兰人汤姆，带着忧郁，给阿普尔亚德太太亲自送来了报纸，报纸上写着骇人听闻的拉姆利的悲剧。令汤姆失望的是，校长接过报纸的时候，一副冷漠的样子，咄咄逼人地说："拿过来给我！"然而，在厨房里，大家突然停下手中的事，他们感到很震惊，尖叫着大哭起来，这种事竟然会发生，两天前拉姆利小姐和她哥哥就在这个房间里。这件事情加重了那件神秘事情的氛围，神秘的火焰越蹿越高，而且更加真实。

周二平淡地过去了。下午，罗莎蒙德给艾尔玛送去了大家的欢送电报，这时候，利奥波德小姐正在去往伦敦的路上，陪伴她的有女仆、秘书、马夫，还有六匹比赛的小马。学院里，没了多拉·拉姆利管控纪律，学院里有了久违的自由，穿着哔叽布料幽灵似的人已经消失了，至少学院学生是这样想的，学生们正兴奋地准备周三全体出行的复活节活动。在阿普尔亚德学院，已经有很久没有听到大家窃窃私语以及相互交流的声音了，时不时地还有笑声传来。为了增添节日的喜庆，这几天来，印度夏天似的阳光照耀在花园里，怀特海先生拿出喷水装置，给绣球花浇水，绣球花的蓝色紫色花头在西厢房的窗户下开得正艳。报纸上天气预报说复活节的天气很好，但是在复活节的那天周一，慢慢变天了。

两位准新娘在聊她们各自的嫁妆。戴安娜，她一点也不谨慎，高兴地说她的绿宝石手镯，这个女仆瞪大眼睛望着，戴安娜对她说："我没有其他的珠宝了，我们的婚礼很简单，我们没什么钱，除了在法国的亲戚外，也没什么其他亲戚。"明妮笑了，说："我婶婶是我们的婚礼接待，汤姆觉得她肯定邀请了两边的很多亲戚，到时候，新郎新娘都挤不进教堂了。"

在这学期短时间的教书中，巴克小姐除了会教授数学外，其他一无是处。波蒂尔斯小姐觉得自己一天中占用太多时间管琐碎的事情。每个人，就连厨师和怀特海先生，都等着波蒂尔斯小姐的吩咐。

早上，她上楼去拿一盒大头针，她看见另外一个级别低一点的女仆爱丽丝在楼上，手上拿着桶和扫帚。"明妮叫我打扫这间双人房，但是地上好多东西，还有衣服，我不知道从哪里开始。"

"我来帮你，"波蒂尔斯小姐说，"我发现澳大利亚的女孩不爱干净，我给她们打包整理过多次衣服。"

"艾尔玛就是其中的一个！"爱丽丝很赞同地说，"背部镀金的刷子在鞋子里，衬裙上还别着胸针。如果萨拉这样做，校长会对她大发雷霆！这就是与女继承人的区别。"米兰达的房间，以前阳光透过两扇高的窗照射进来，新鲜空气穿过窗户飘进来，如今，当她们开门时，一片漆黑，除了萨拉床上面的那个窄窄的窗户，其余的百叶窗都是关着的。萨拉床上没有整理，还是那天睡过的痕迹。"这里有点阴森，对不对？"这位邋遢胖女孩放下扫帚，开始工作。百叶窗吱吱作响，房间里乱七八糟，令人沮丧。萨拉的睡衣还在椅子后面，一双拖鞋还放在洗漱台那里。"啊，我绝不！看起来，她没有带很多东西。"她边整理被子边说，"这里有一个睡衣箱子和一个洗漱用品袋。"波蒂尔斯小姐说："洗漱用品还放在里面。校长告诉我，这次出门，她只是带了一点必要的东西，放在一个小篮子里。在萨拉回来之前，我们最好把她的东西放在橱柜里。"

"听说监护人有很多现金，"爱丽丝大胆地说，"给她买新的睡衣对他没什么损失——我把干净的床单放在床上可以吗？那是米兰达小姐的，对不对？曾经，可爱的女孩！她是娇娇女，但是不会摆架子，对明妮对我都能够笑声不断。"

这个笨拙的女孩不能承受这个。"不，把其他的都拿走，保持床上整洁。谢谢。"米兰达再也不会睡这个房间了……

"我说不上来，为什么周日早上萨拉走的时候不穿蓝色毛领外套。不得不承认一个十三岁的小孩对穿衣没什么概念。"

"萨拉走得比较匆忙，她选择穿什么样的衣服和你也没有关系，爱丽丝。如果你打扫的话，肯定要到中午。"她看了一眼大理石壁炉台停掉的钟，那里还挂着银色的相框，里面是米兰达平静微笑的照片。这张照片和其他照片不一样，这张来源于生活，特别具有真实感。爱丽丝压抑着自己的愤怒去打扫，波蒂尔斯小姐看着米兰达的照片，若有所思。"爱丽丝，"她突然说，"周日早上是你给萨拉送早餐的吗？"

"是的，明妮那时候在睡觉。"

"我想让她吃一个鸡蛋——还有些水果？周六的时候，她头痛，什么都没吃。"爱丽丝已经完全忘记了明妮的吩咐，要给这个生病的小孩送早餐。其实，周日早上什么都没送。她只是点点头，这样的话，与其说是道德罪，还不如说是一个无耻的谎言。不管怎么样，她生病了，而且厌烦了这些寄宿生，厌烦了这些胡闹，当她打扫完两张床的灰尘时，她下定决心，在复活节后换一份服务员的工作。

波蒂尔斯小姐在周二晚上失眠了。复活节夜晚，月亮又大又圆，银白色的月光从打开的窗户、半拉开的窗帘处照进房间，从窗户这里还可以望见西翼窗。明妮的房间还亮着灯，不然的话整栋楼，或者说她能够看见的楼，就是一片黑暗。她倚靠在窗户边，可以看见陡峭的石板屋顶在月亮的照耀下，闪闪发光，旁边的低矮小塔在天空的映衬下显出一团阴影。月亮离地球上人类几百万英里，能够对人的思想甚至是人类的行动产生影响，这是真的吗？她可以感觉到银色的光芒透过她敏感的皮肤，不仅仅是她的大脑，甚至她的整个身体都异常地清醒。她又躺下，但是蚊子的嗡嗡声盘旋在枕头旁，就像竖琴的拨弦声。在这样的夜晚入睡简直是不可能的。这时，她闭上双眼，开始想萨拉。她是不是在这个月光明媚的夜晚也难以入睡？她的监护人，在他有魅力有礼貌的外表下，到底是一个什么样的人？他要把她带到哪里去度假？这个没有爱的孩子的未来在哪里？米兰达是唯一一个能让她笑的人，但是现在米兰达不在了……米兰达……挂在壁炉上椭圆相框里米兰达的照片是萨拉最珍贵的物品。"猜，老师！米兰达在我生日的时候送给我的。"

"你可以给它着色，萨拉——你在画画上很有天赋，"波蒂尔斯小姐建议道，"米兰达的头发颜色真可爱——成熟黄玉米色。"

"我觉得米兰达不会喜欢那样，老师。艾尔玛·利奥波德疯狂地把照片上米兰达的头发弄卷，但是，米兰达说：'直发。就像我平常在家里一样。如果我卷了头发，小约翰尼都不认识他姐姐了。'"还有一次，在巴拉腊特花园，现在都清晰地在她脑中，"萨拉，你的袋子，鼓起来像个蛤蟆！"

"哦，不，老师！不是蛤蟆。"

"那是什么呢？看起来好丑。"

"是米兰达，老师。不，请不要笑！如果布兰奇和伊迪斯发现的话，肯定也会取笑。你知道，我哪里去都会带上它，即使是在教堂，这个袋子刚好装下那个小椭圆相框。向我保证，你不要告诉米兰达。"她那小尖脸顿时红了而且很严肃。"为什么不呢？"戴安娜笑着说，"真有趣，还没有人把我装进口袋里带进教堂过。"

"因为，"萨拉真诚地说，"米兰达不同意，她说，她不会长时间待在这里，我必须也要和除她以外的其他人一起玩。"

周日早上，是什么让她忘记平常都会带走的壁炉上的照片呢？这么小的东西，很容易带走……很匆忙，爱丽丝。我告诉你……萨拉走得很匆忙，甚至连睡衣都忘带了。睡衣、洗漱用品包这些东西，对兴奋的小孩，以及帮她收拾东西到小篮子里的严肃的、没有做过家务的成人来说都容易忘记。但是，这个照片不会。绝对不可能，绝对不会忘记这个照片。难道她病得很严重？严重得校长都不说了？难道她的监护人秘密地送她去了医院？一阵夜风透过格子窗帘吹进了房间……她很冷，非常冷，而且害怕，她披一件衣服在肩上，点了一根蜡烛坐在梳妆台前，写信给巴姆菲尔警官。

二十五日，周三下午，赫西的最后一辆马车已经载着最后一批学生在路上了。安静的房间里剩下纸屑、掉落的大头针、丝带和绳子的碎屑。餐厅里，火灭了，那个高高花瓶里的康乃馨也只剩下花枝了。在楼梯这里，可以听见巨大的老爷钟声，阿普尔亚德太太很开心，因为她能够在书房里听见永不停息的

208

滴答声，一分又一分，一小时又一小时，就像已死的人身体中心脏的跳动。黄昏的时候，明妮进来了，拿着银制托盘，上面放着信。"今天有点迟了，校长。汤姆说是由于复活节的火车的原因。我现在可以给你把窗帘拉上了吗？"

"随便你。"

"有一封是拉姆利小姐的——您先收着吗？"

校长伸出手。"我要找她哥哥在沃勒格尔的地址。"只有拉姆利死后没有留下地址。多拉·拉姆利的信件总是乱糟糟的。连死后也是如此。校长坐下来盯着厚重的窗帘，窗帘遮住花园的暮色，她思考着，生活中没有什么事情是有序的，没有什么事情是完完全全确定下来的。一个人可以组织、指导、提前安排每个小时的事，但是，有时候还是会一团乱。没有什么事情是固若金汤的，没有什么事是秘密的，没有什么事是安全的。就拿多拉·拉姆利和萨拉来说，弱不禁风……你紧紧地控制着她们，但是一转头，她们就从你的指间溜走……她机械地把信挑出来，分好类，因为她一直都坚持自己来。两三封是员工的——有一封是路易斯·蒙彼利埃用紫色墨水的钢笔写的，这是给波蒂尔斯小姐的，还有一封是来自昆斯克利夫的彩色明信片，这是明妮的，还有一封是面包师随手留下的荒谬账单，装在很脏的信封里。没有支票。复活节后，她要去墨尔本卖掉她的一些股票，同时她还可以去罗素街。如果要吩咐些什么的话，那就现在。今晚，虽然她想自己一个人吃晚饭，但是还是拉了火炉边的铃。"爱丽丝，我待会在楼下的餐厅和波蒂尔斯小姐、巴克小姐一起吃饭，请告诉厨师，用托盘送上够三个人吃的甜点，还有黑咖啡、糖、冰淇淋。"在此紧急关头，每个细节都很重要——她认真地梳洗，脖子上戴上天鹅绒丝带，还加上一个饰针。波蒂尔斯小姐会发现这些细节，而且会放心。巴克小姐戴着厚厚的眼镜，总是无表情地露齿笑，她也会产生怀疑。再怎么也想不到这个年轻的女人的聪明。笨蛋和蠢货看到的太多，其他的人什么也看不到。哦，这都是亚瑟教我的！对格丽塔·麦克劳冷冷的安抚也是。这是这么长时间以来，她第一次想到了数学老师，她把手放在梳妆台上，精心打扮，梳头、画眉，头上插好卷发发夹，脸上涂得油光发亮。这位有着男子气概的聪明女人是她这几年的依靠，她竟然也像一个无辜的校园女孩一样，在海茵岩，会让人偷偷带走，无情地被强奸、杀害，最后消失，这简直不可思议。她从来没有看见过这个岩石，但是最近却一直出现在眼前——一片凶险的黑暗，坚固如墙。

晚上吃饭的时候，两个年轻的女人从来没有看到校长如此温和过，而且非常健谈。两位老师在白天忙乱的工作后，压住她们的哈欠，巴克小姐应要求拉响铃叫明妮过来。"我想，还有一点白兰地在食品储藏间的玻璃瓶子里？明妮，你记不记得——本迪戈的牧师去教堂的那天？"明妮拿来了白兰地和三个杯子。她们优雅地喝了一小口，而且祝波蒂尔斯小姐和蒙彼利埃先生身体健康、好运连连。十一点钟的时候，戴安娜才拿出蜡烛，她想这是她度过的最长的夜晚了。

十二点半，楼上的钟响了，阿普尔亚德太太轻轻地推开门，这个老女人拿着夜灯，来到了楼上，她低着头，头发上插着卷发发夹，法兰绒睡衣下看得到她松垂的乳房和凹陷的胃。没有人，就连亚瑟也没有看见她这样过，没有穿带钢圈的内衣和鲸骨裙，而校长已经习惯穿上它们一天十八个小时面对这个世界。

　　月光从最上面那个楼梯的窗户照射到一排雪松门上，门是关着的，波蒂尔斯小姐的房间在走廊的尽头，巴克小姐在塔后面的小房间里。拿着夜灯的女人站起来，从塔的阴影处走过来，听钟嘀嗒嘀嗒响。一只袋貂快速地从她头顶上穿过，她猛然一惊，手中的灯差点儿掉了。在微弱的灯光下，这个大的双人房整齐有序，洁净的印花棉布，还有淡淡的薰衣草香味。窗帘都是同一高度，月空和树，显示出相同的长方形，两张床上的粉红色鸭绒被叠得很整齐，看起来干净利落。梳妆台的两边放着两个花瓶，一个是粉红色，一个是金色，还有一个心形针垫，针垫是她经常放便条或者撕掉便条的地方。又一次，她想起自己在较小的床上俯身于这个小孩面前。双眼，不是脸，那双深黑色的双眼深深地烙在她的记忆中。又一次，她听见她的哭声，"不，不！不是那个！不是这个孤儿院！"校长在颤抖，她希望睡衣里面还穿了羊毛针织衫。她把夜灯放在旁边的桌子上，打开米兰达的衣橱柜，米兰达的衣服还挂在左手边，她又开始按顺序看搁板。右边，是萨拉的蓝色毛领外套以及河狸毛皮帽子、鞋子、网球拍，现在看的是写字台，长筒袜子、纸

211

巾，还有这些几十张可笑的卡片，卡片是情人节时候的。复活节一过，她会让人搬走米兰达的东西。现在看到了梳妆台、洗漱台。还有米兰达放彩色毛线的核桃木桌。最后是壁炉台，壁炉台上也没什么重要的东西——只是银色相框里米兰达的一张照片。她关上了门，第一缕昏暗的灯光透过窗帘射了进来。她放下夜灯，去有四根围柱的大床旁。她什么也没有发现，也推断不出什么，也没有决定做什么。另外一个可怕的一天正向她逼近。五点的钟已经敲响。毫无疑问，还可以睡觉，她起身，开始取下头上的卷发发夹。

星期三的时候，出乎寻常地暖和。怀特海先生在受难节①放假后，今天决定在花园里好好工作。尽管像平常一样，山顶白雾缭绕，看天空，却不会下雨。他觉得应该要给房子后面的绣球花浇点水。这里，现在没有这些年轻女孩的声音，显得出奇安静，有的只是家禽的咯咯叫和猪的咕噜声，以及公路上车轮的隆隆声。汤姆已经驾着马车去伍登德送信。厨师现在正在打扫偌大的厨房，平常，饥饿的女孩们都等着吃饭，今天却就只有几个人。爱丽丝正在擦洗后楼梯，她希望这是最后一次擦洗了。巴克小姐已经乘马车去赶早火车了。明妮正在床上抓紧时间赖十分钟，她上个月下定决心，要贪婪地吃上一串香蕉，现在正高兴地松开紧绷的印花连衣裙腰带。

---

① 纪念耶稣受难的节日。《新约》记载，耶稣被罗马统治者钉死在耶路撒冷的十字架上。教会称这一天在犹太教安息日的前一天，规定复活节前的星期五为受难节。

戴安娜·德·波蒂尔斯小姐正忙着用纸包装小而精致的衣箱。当她看到简单的缎子婚纱，内心在翻滚。几小时后，路易斯会带她去本迪戈小屋，在那里，路易斯为他的未婚妻订了房间，一直到复活节的星期一。她就像一只获得自由的小鸟。在这个毫无生气的房间里被囚禁了这么多年，她经常睡觉的时候都会哭。她开始轻轻地唱"月光下，我的朋友皮埃罗"①。从打开的窗户传来了草坪上喜忧参半的声音，阿普尔亚德太太正在和怀特海先生讨论接一个新学生。"校长，如果春天好看些，那么复活节后就要栽。"鼠尾草？它们是有用的花，校长建议道。园丁勉强同意。"女孩有她们自己喜爱的花。很有意思，我一看到圣诞百合就想到了米兰达。她以前常常对我说：'怀特海先生，百合花总是让我想到天使。'那么，现在她有可能是其中之一，可怜的人啊。"他叹气道，"三色堇怎么样？"校长迫使自己的思维转到三色堇上，而且想到三色堇给前门增添了美观。"小萨拉小姐——她很爱三色堇。经常求我给她一些放在房间里。你感到冷吗，校长？我去给您拿披巾？"

　　"三月多少有点冷的，怀特海。我进门之前，你还有什么要跟我说的吗？"

　　"就是关于旗的事，校长。"

　　"啊呀，什么旗？那个重要吗？"她不耐烦地跺脚，"我今天还有很多事情要做。"

---

① 原文为法语。

"嗯，"园丁说，他是一个酷爱读当地报纸的人，"是这样的，马其顿报纸上问有没有人在复活节星期一升旗。好像市长要从墨尔本过来去郡厅教堂。"

早餐后的两杯白兰地让校长的头脑像钟一样清醒。突然间，她看到国旗在塔上飘扬，这也是向爱管闲事的世界表明，阿普尔亚德学院一切正常。她亲切地说："不管怎么样，旗都要升起来。旗在楼梯下面——你记得去年女王的生日后我们放在那里的。"

"是的。我折好，然后放回去的。"汤姆拿着信在他们旁边，"只有一封信是给您的，校长。您现在就拿着还是我给您送进房间？"

"现在给我。"她没说其他的，转身走了。"她很有趣，"园丁说，"我敢打赌，如果我不告诉她，她肯定不知道三色堇和菊花的区别。"他已经决定在车道旁种秋海棠了。

给校长的那封信出自一位尊贵的人的手，非常清晰，但是不熟悉。时间是两天前，在墨尔本一家昂贵的宾馆里写的。信如下：

亲爱的阿普尔亚德夫人：

很抱歉，我一直在忙西北澳大利亚矿业公司的事，也没有和您多交流，今天才把季度学费随信附上。我写这封信，是想跟您说，我复活节的周六（二十八日）会去学校看萨拉。我想那天你们应该比较方便，因为我受难节那天一整天都有事，不放心把她一个人留在宾馆，尽管这样也可以。如果萨拉需要一些新的衣服、书籍、画具，请您列一个清单，这样我可以和她一起在悉尼购买，我会带她去悉尼玩几天。萨拉现在快十四岁了，我可能很难认出了。我想是不是穿更加高贵的晚礼服会更好？不管怎么样，我们见面时，请您跟我说说您的想法。

　　谨呈最真挚的祝愿，再次希望周六之前，萨拉不会给您添麻烦（当然，我付费）。

真挚的

贾斯珀·科斯格罗夫

第十六章

巴姆菲尔警官对各种层次的震惊早已习以为常。虽然如此，写有"机密"两个大字的信放在了他的桌子上，刚刚送到他手中，用他的话来说，"信让他嘴里都不舒服"。

阿普尔亚德学院，

三月二十四日星期二

亲爱的巴姆菲尔先生：

请原谅我的冒昧，我从来没有给澳大利亚的绅士警察写过信。我发现此刻，快到午夜了，用英语解释我为什么要写信非常困难，因为我是个女人。男人的话，可能会找到更明确的证据后再写。但是，我从内心里感觉我必须要写了，而且不能耽搁，你可能认为这证据不足。

上周日早上（三月二十二日），大概中午的时候，我做完弥撒回到学院，阿普尔亚德太太告诉我，萨拉——一个十三岁的小孩，我们这里最年轻的学生，在我们这里的女仆去做午饭的时候就被她的监护人带走了。这让我们都感到很惊奇，因为科斯格罗夫先生——萨拉的监护人，一向都很有礼貌，但是这次却没有向阿普尔亚德太太说一声。在我的印象中，他从来没有这么无礼过。写到这里，你可能觉得我的担心毫无依据。先生，事实是，我觉得这个不幸的小孩神秘地消失了。在科斯格罗夫先生来访期间，除了阿普尔亚德太太外，只有两个人在家，我仔细地问过这两位一些问题，她们都很诚实也很友好。明妮和厨师都没有看到科斯格罗夫到达过这里，她们也没有看到他带着或者没有带着萨拉离开。其他的原因可能更重要，而且用英语讲清楚也很困难。那天很晚了，房子里很暗。今天早上，我在萨拉住的房间（原先是米兰达住的房间）里待了一个小时。在这里，我帮助一个女仆整理房间时，仔细地观察，我后面会给你解释一些事情的。我没有时间，也没有优秀的英语表达写下我今早离开这空洞洞的房间后，充满恐惧让人震惊的想法。我后天（星期三）就要离开学校了，要在本迪戈复活节的星期一结婚。如果你想知道这件事，可以写信给我，我附上了新地址。同时，我感到很不安，如果你尽早去学校调查，我会很感激。当然，不要向校长或者其他的人泄露说我写了这封信。我想，你星期四应该会收到这封信。不幸的是，我不能够尽快地把这封信寄出去，因为校长会仔细地检查信箱中的每一封信，我必须把这封信交给我信赖的人去寄。我很累了，我想在黄昏之前就睡。没有你的帮助，我什么也做不了。请原谅我的冒昧。

晚安先生

戴安娜·德·波蒂尔斯

明妮告诉我，今天，星期日的早上，阿普尔亚德太太坚持要自己开前门。因为我可怕的怀疑，我很不安。

戴安娜·波蒂尔斯

自从巴姆菲尔和波蒂尔斯小姐，还有伊迪斯一起去野餐空地的那天起，巴姆菲尔对波蒂尔斯小姐印象特别好。波蒂尔斯小姐不会无缘无故失去理智。他再次读了这封信，心里也有不安。巴姆菲尔整洁的檐板房子就靠近邻近街道上的警察局，现在，他很惊奇，他妻子出现在阳台上，说要一杯早茶。"我正好路过我们的家，可以休息几分钟，就在厨房里。"壶里的水烧开时，他随口问，"你今天下午取消了下午茶？"巴姆菲尔太太嗤之以鼻："我什么时候出去喝过茶了？如果你想要知道的话，我就告诉你，我要打扫房子迎接复活节。"

"我只随便问问，"她的丈夫温和地说，"因为上次，你去参加社交活动，从教区牧师的住处带回了我喜欢吃的奶油松饼，还有好多八卦消息。"

"你清楚的，我不喜欢八卦。你想知道什么？"

他咧嘴笑了。"狡猾的小女人，不是吗？我想知道你的那些女朋友有没有提到过学校的阿普尔亚德太太？"依照巴姆菲尔的经验，警察要花数周找出来的线索，普通的主妇们凭她们的直觉就能感觉到，这真的很神奇。"让我想想，我听说当她勃然大怒时很凶悍。"

"勃然大怒，她会吗？"

"我只是告诉你我听说的。对我来说，如果正好碰巧在村子里遇到她，轻而易举。"

"你知道有谁亲眼见过她发怒吗？"

"我想的时候你喝喝茶吧……你知道住在下面农舍里的康普顿家吧？他家有一片橘树，学院从那里买果酱。有一次，他家的妻子说她很害怕算错账，因为有一次，她丈夫出去了，她只能手算，算错了一英镑，阿普尔亚德太太派人召唤了她，训斥了她一顿。康普顿太太想，这个老女人可能会中风。"

"还有呢？"

"还有一个女孩，名叫爱丽丝，她在学校工作，她告诉水果店的那个女人，说阿普尔亚德太太喝酒。爱丽丝从来没看到过阿普尔亚德太太喝醉过，但是你知道人们在这里是怎么说她的！尤其是学院谜团事件后。"

"我不知道！"在喝了第二杯茶后，他试着在脑海里搜寻波蒂尔斯小姐写的信中的一点信息，她说她下个星期要结婚了。"继续！我对那个青蛙佬①没兴趣，（还记得那个吹笛子的人？）但是，一次，我近距离地见过她的脸，不得不说，她的确是个不错的女孩。"

"在哪儿？"

"在银行。波蒂尔斯小姐把支票兑换成现金，那个淡黄色

---

① 青蛙佬，对法国人的蔑称。

头发的出纳员特德，给她多找了钱。她走了一半的路后，发现多找了，于是就回来了。我记得，因为特德那时是这样跟我说的：'哎呀，巴姆菲尔太太，实话对你说，我不用自己掏钱来补上多找的钱了。'"

"好，谢谢你的茶，我要走了。"巴姆菲尔说，拉回了椅子，"不要指望今晚看到我，今晚回来很晚。"这里还有喝茶时候吃的一块上等的牛腿排。结婚十五年了，巴姆菲尔太太知道不要问为什么。

预报上复活节的好天气持续到了星期四。中午十二点的时候，还有点热，巴姆菲尔先生脱掉外套，在有点闷热的房间里写些什么。怀特海先生也脱了大衣在打理大丽花。他吃完午饭，就去工具房，本来水管已经卷好收起来过冬的，这时候他拖出了水管，准备在绣球花的花床没干之前给花浇浇水。汤姆问他是否要帮忙，不然他就带明妮去散步。园丁说不用，他已经准备好明天离开一天，问汤姆如果明天——复活节的前一天，太阳像今天这么大的话，可不可以给绣球花浇浇水？汤姆答应了。他拉着明妮的手腕，高兴地享受接下来的几个小时。

绣球花的花床八英尺宽，一直快延伸到房子的后部，这些花是怀特海先生的掌上明珠。这个夏天，有些花长到了六英尺高。他刚刚把水管固定在附近花园里的水龙头上时，注意到了好像从绣球花的那个方向传来一股刺鼻的气味。在打开水龙头之前，他想最好还是去看看，或许是厨师在厨房门边晒臭东西。前几天，他忙着秋天的修剪，没工夫停下来欣赏灌木丛生的绣球花，色泽鲜艳的叶子簇拥着深蓝色的花朵。现在，令他讨厌的是，他看见在最后一排，那最高最漂亮的植物，有几英尺还伸出了墙外，正在塔下面，已经损坏压碎了，只剩下蓝色的绣球花无力地缀在茎秆上。袋貂！这些该死的东西常常在屋顶寻欢作乐。去年，汤姆还在屋顶上发现了袋貂窝。汤姆肯定是穿着他的大靴子时不时地在灌木中寻找死负鼠。园丁脱掉了马甲，从口袋里拿出修枝剪，清理弄坏了的花的茎秆，小心翼翼地蹲下来，生怕弄坏底部的根茎。在离毁坏的灌木丛几英里的地方，他看见旁边地上有白色的东西，好像是女孩的睡衣，还浸透着干血。紊乱身体下的一条腿弯曲，另一条腿插入绣球花下面的枝丫中。脚是光着的。头部已经压碎了，不能辨认，他强迫自己近距离再看仔细一点。即便这样，他知道这是萨拉。在学校，没有谁，只有萨拉才有这么细的腿和手臂。

他尝试着缓慢走到小路上，跑到床边，有点想作呕。那里的尸体已经完全被浓密的树叶遮住了。最近几天，他、汤姆还有其他的女仆肯定也经过这里好几次。他去了洗漱间，洗了洗手脸。他房间里有一瓶威士忌。他坐在床沿边，倒了一小杯酒，来填补他那疯狂翻腾着的胃，然后直接走去侧门，穿过大厅，走到阿普尔亚德太太的书房。

下面是摘自学校园丁怀特海在复活节前夜的早上，三月二十七日给巴姆菲尔警官的陈述：

整件事对我来说太震惊了，告诉太太这件事也很可怕，她必须处理这件事。我猜当我敲门的时候，太太肯定在房间里来回走。她没有应答，于是我就进去了。她看见我时，吓了一大跳。她看起来很糟糕。我的意思是说，我们在厨房说，她看起来好像生病了。她没有要我坐下，但是我的腿颤抖得厉害，几乎都站不稳了，我拉了椅子坐下了。我不太记得我当时是怎么说我发现了一具尸体的。开始的时候，她就只是站在那儿瞪着眼，好像她没有听到我刚才说的话一样。然后，她叫我慢慢地再说一遍，我又说了一遍。我说完后，她问："那是谁？"我说："萨拉"。她问是不是确定那个女孩已经死了？我说："是的，我很确定。"我没有告诉她为什么。她发出了一声令人窒息的尖叫，这个尖叫声更像是野生动物的叫声，而不像是人的叫声。如果我活上一百年①，都不会忘记这个尖叫声。

　　她拿来一瓶酒，给自己倒了杯上好的白兰地，也给我倒了一杯，我没有喝。我问是否叫一下厨师，那时，除了我俩她是唯一在房子里的人。她说："不，你这个傻子。你会驾马车吗？"我告诉她，我不是很擅长，但是我能驾短途马车，她说："你带我去警察局，看在上帝的分上，迅速一点，看到什么人，不要讲话。"十分钟之后，她出来了，在前门道路上，在等马车。她穿着一件长长的深蓝色军大衣，戴着一顶棕色的帽子，帽子上还有一根羽毛竖了起来，她去墨尔本的时候，我

---

① 爱德华·怀特海真实生活中活到了 95 岁。——作者注

看见她戴过这顶帽子。她还带了一个皮制手提包和黑色手套，我在想这时候，为什么还想到了戴手套。我们以马最快的速度驾到了伍登德，一路上，我们没说一句话。当我们离警察局快一百码的地方，正好是赫西马厩的对面，她说停下来。她下来了，走到赫西平常客人等马车的地方坐下了。我看她好像快要摔倒了。我问她要不要和她一起去警察局，还是在外面等。她说她在那里坐几分钟，然后自己去警察局。她说她肯定要回答很多问题，我可以直接驾车回去了。我不想把一个看起来生病了的人一个人留在大街上。但是，她看起来好像很清楚她要做什么，就像她一贯的风格一样。我觉得最好还是遵守命令。尤其是今天下午看到了让人胃很不舒服的事情的时候。我走之前，阿普尔亚德太太说，她去警察局后回学校会坐赫西的车。我在让马掉头准备回家的时候，她还是笔直地坐在那里。这就是我最后一次见她。

签名：爱德华·怀特海

伍登德一九〇〇年三月二十七日星期五

下面是赫西在同一天给巴姆菲尔警官的陈述

　　因为是复活节的假日，周五的前一天，周四我们都很忙，阿普尔亚德太太进来的时候，我正坐在马车出租房里，检查马车的订单，她说她立马想要辆车。自野餐后，我就很少看到她，对她相貌的改变很震惊。我问她要走多远，她说大约十英里左右。她说从朋友那里得知海茵岩的路上发生了不好的事，她说她看见了可能知道是哪座房子。因为我的马车都送客人去火车站了，我告诉她，是否介意等一会儿，因为我要给那匹可爱的新训练的马套上马具，这匹马除了我，不让其他的人动。我可以感觉到阿普尔亚德太太非常伤心，尤其是像她一样那些不善于表达自己感情的人。我问她要不要在我这里坐下来喝杯茶，但是她一直站在我旁边等着。我把马套在马车上，我们三点还差十分出发的。我知道这个时间，因为我要记录在工作本上。我们在沉默中走了几英里后，我才意识到这是个大晴天。她说她没注意。我们一直没有说话，直到到了路上的一个拐弯处，从远处，能够看到海茵岩从树丛中冒出来。我指着那里对她说，自从野餐后，那里出了很多事。她向右倾斜朝我靠拢，拳头在颤抖，我从没有看到过其他人有过如此的表情。我转了个急弯，但我没有道歉。当我们可以看到一个小农场的时候，农场有个大门，通向大路，但是没有小路，她叫我在这里停下来。我说，你确定就是这儿？"是的，"她说，"就是这里，你不用等我。我的朋友一会儿会来接我回去。"小牧场里，有座摇摇欲坠的农舍，一个男人还有一个抱着小孩的女人站在外面。"那好，"我说，"这匹马还不太习惯站在那儿，如果你确定你能够处理，我就回去，希望事情没有你想象的那么糟糕。"我飞快地离开了，我也没有往回看。

签名：本·赫西

伍登德马车出租房一九〇〇年三月二十七日

牧羊人和他的妻子后来也被传唤到了法庭作证，他们看见一个穿着长大衣的女人在门前从马车上下来了，他们站在那里，看着她沿着这条路走向野餐空地的方向。很少有陌生人步行走过这条路。这个女人看起来走得很快，很快就消失了。

　　这天下午，尽管这是她第一次亲眼看见海茵岩，但是当赫西先生在马车上跟她指出的时候，她太熟悉不过了，它的整体样子，还有野餐空地的各种各样的形状，她都在墨尔本的报纸上看到过平面图、图片和照片。这里，在看起来平坦一直延伸到看似无尽头的道路的后面，是下垂的木制门，赫西驾着五匹马的车进来过。还有一条小河，午后的最后一点阳光洒在平静的河水上。左前方，是从湖景区来的人的野餐地，他们的马车旁边是拍照最多的地方。右边，竖直的海茵岩已经有了深深的阴影，地下散发出潮湿的森林腐烂的气息。她戴着手套笨手笨脚地碰了下门。亚瑟过去常常说："亲爱的，你的头很好使，但是手却很笨。"她走了出去，沿着小路走向小溪。

　　这个脚步沉重的平足女人一生中踏过油布、沥青、阿克斯明斯特地毯。现在正踏在松软的土地上，五十七年前，她出生在荒野郊区一个烟迹斑斑的砖砌的房子里，她很了解自然。对于玉米田里拿着长柄扫帚的僵硬的稻草人，她再熟悉不过了。她住在离本迪戈路小森林不远的地方，从来也没有感觉到脚下的草如此尖细，从来也没有走在澳洲桉毛茸茸的茎秆上，她以前从来没有停下来享受这带有合欢树和桉树香味的春天的气息，也从来没有嗅到一种预感，一阵北风吹来，承载着夏天山上野火灰烬的气息。当她开始要往上走时，她知道应该向右走到齐腰高的蕨类植物处，然后开始攀爬。又大又柔软的脚穿上带孩子式纽扣的靴子爬还是挺吃力的。她坐在倒下的圆木上，脱下手套，休息了几分钟。她能够感觉到汗水流到脖子上，浸在喉咙处花边上很不舒服。她开始行走了，她抬头，看见一排排锯齿状的山峰后面，天空泛着微弱的粉红色条纹。她头一次体会了在一个炎热的下午爬山是什么感觉，就像很久很久以前，那些失踪的女孩穿着连衣裙和单薄的鞋子爬山一样。她踉踉跄跄、吃力地穿过山茱萸和蕨类植物。现在，她想到了她们，但是毫无同情。死了，都死了。萨拉也躺在塔楼底上。当平衡巨石出现在她眼前时，她立马就认出了它，她在照片上看到过。她厚厚大衣裹着的心怦怦直跳，尽自己最大的努力一步一步走完最后几里石头路。在右边，一个很窄的岩架悬挂在悬崖上，她都不敢抬头看。左边，更高的地方，一堆石头……有一块石头上有一只巨大的黑色蜘蛛，像老鹰一样伸展开来，在太阳下睡觉。她很怕蜘蛛，到处寻找东西打蜘蛛，却看见萨拉·维伯恩穿着睡衣，一只眼睛瞪视着，这目光来自面纱后的一团腐肉。

当她走向悬崖跳下去的时候，一只盘旋于金色顶峰的老鹰听见了她的叫喊声。当这个笨拙的身体滚向一个个岩石最后落到了悬崖的最低处时，戴着棕色帽子的头刺穿在一块突出的峭壁上，蜘蛛急促地躲到了安全处。

第十七章

以下摘自墨尔本报纸，一九一三年二月十四日

　　本来情人节通常是收礼物、送礼物、表白的好日子，自从那个致命的星期六，阿普尔亚德学院的二十个女孩和两位教师通过本迪戈路到海茵岩野餐已经过去十三年了。一位老师和三个学生在那天下午就失踪了。最后只找到了一个学生。海茵岩是由马其顿山下平原上壮观的火山喷发形成的，地理学家对其独特的岩层，包括整块的巨石以及据说深不可测的洞穴，都殊为好奇，但到目前（一九一二年）仍未经探索。那时候，据说失踪的人企图攀爬到危险的悬崖顶峰，可能就在那里她们死了。但是，即使是偶然的自杀、谋杀都不成立，因为从来就没有发现尸体。

　　警察和民众小范围的仔细搜寻也没有收获什么线索，直到二月二十一日，星期六，尊敬的迈克尔·菲茨赫伯特，一个在马其顿山度假的年轻的英国男人（现在住在北部昆士兰），他发

227

现了三个女孩中的一个，艾尔玛·利奥波德，她躺在两块平衡巨石中间，已经没有了知觉。这个不幸的女孩随后被救活了，但是头部受伤，对于她们开始向高处走去以后的事情一点也没有印象了。几年以来，搜寻工作进行得很艰难，因为在这个悲剧发生的几个月后，阿普尔亚德学院的校长也死了。学院也在第二年的夏天被野火烧尽。一九〇三年，两个捉兔子的人在海茵岩狩猎，发现了一小块褶边印花，警察判断这是野餐那天那个失踪的女教师的裙子上面的。

在这个离奇的故事中，有个影子人物出现过，一个女孩——伊迪斯，她是阿普尔亚德学院的寄宿生，十四岁。她和这三个失踪的女孩子一起，爬了一小段距离。这个女孩黄昏的时候就回到了溪边的另外一群女孩子们中间，她回来时一阵歇斯底里的喊叫，她再也记不起来那时候发生了什么。尽管多年来一直询问她，但是再无所获，最近她死在了墨尔本，没有留下任何信息。

拉特-玛格瑞伯爵夫人，也就是艾尔玛，她目前住在欧洲。一次又一次被那些感兴趣的人采访，还包括心灵研究学会，但是，自从她有意识以来，她什么也记不起来了。所以，学院谜团，也就像玛丽·赛勒斯特号之谜①一样，可能是个永远也解不开的谜团。

---

① 玛丽·赛勒斯特号是一艘双桅帆船。它曾经于 1872 年在大西洋被人发现全速朝向直布罗陀海峡航行，不过在船上并没有发现任何人。到目前为止，这个谜团还没解开。

Joan Lindsay
PICNIC AT HANGING ROCK
Copyright © Joan Lindsay 1976
This edition arranged with RANDOM HOUSE UK
Through Big Apple Agency, Inc., Labuan, Malaysia.
Simplified Chinese edition copyright:
2021 Shanghai Translation Publishing House (STPH)
All rights reserved.

图字:09-2019-199 号

图书在版编目(CIP)数据

悬崖上的野餐/(澳)琼·林赛(Joan Lindsay)著;
王中兰,王丽娇译. —上海:上海译文出版社,2021.4
书名原文:Picnic at Hanging Rock
ISBN 978-7-5327-8654-1

Ⅰ.①悬… Ⅱ.①琼… ②王… ③王… Ⅲ.①长篇小
说-澳大利亚-现代 Ⅳ.①I611.45

中国版本图书馆 CIP 数据核字(2021)第 028764 号

悬崖上的野餐
[澳]琼·林赛 著 王中兰 王丽娇 译
责任编辑/宋玲 装帧设计/人马艺术设计·储平

上海译文出版社有限公司出版、发行
网址:www.yiwen.com.cn
200001 上海福建中路 193 号
上海信老印刷厂印刷

开本 890×1240 1/32 印张 7.25 插页 2 字数 118,000
2021 年 5 月第 1 版 2021 年 5 月第 1 次印刷
印数:0,001—6,000 册

ISBN 978-7-5327-8654-1/I·5342
定价:65.00 元